MÉMOIRES

DE

MADAME LA MARQUISE

DE CRÉMY.

De l'Imprimerie de CHARLES, rue de Seine.

MÉMOIRES

DE

MADAME LA MARQUISE

DE CRÉMY,

ÉCRITS PAR ELLE-MÊME.

TOME TROISIÈME.

A PARIS,

Chez LÉOPOLD COLLIN, Libraire,
rue Git-le-Cœur, n° 4.

M DCCC VIII.

MÉMOIRES

DE Mme LA MARQUISE

DE CRÉMY.

〜〜〜〜〜〜〜〜〜〜〜〜〜

LETTRE

DE MADAME DE SAINT - SIRANT.

✦━━━━✦━━━━✦

« T<small>A</small> lettre m'est parvenue dans un moment où j'étais peu en état de l'ouvrir, ma chère ; mais sois tranquille, elle m'a été remise fidellement. Je suis accouchée d'une fille, hélas ! qui n'est déjà plus ; et moi, après des tourmens affreux, j'existe

3   I

encore pour pleurer cette enfant que
j'aurais d'autant plus chérie, qu'elle
m'avait coûté davantage. Mais j'ai
été si mal, je me rétablis si lente-
ment, qu'il n'y a nulle certitude que
je survive long-temps à mon malheur; j'ai toujours présentes à l'esprit les rigueurs d'une mort cruelle
qui n'a pas épargné l'innocence, et
les horreurs d'une mort à venir qui
peut justement punir une femme.....
Devine ce que je n'ose pas achever.
Ah! ma chère, que l'on envisage
bien différemment les objets lorsqu'on n'a plus qu'un instant à jouir!
La vertu est une, tu avais raison;
et les remords sont innombrables....
Fuis les occasions de manquer à tes
devoirs, mon amie, si tu t'es jamais oubliée, (et cela peut arriver
aux femmes les plus honnêtes);

hâte-toi de les réparer par un prompt
retour; car le supplice du repentir
est ce que je connais de plus terrible. Quoique mes fautes ne soient
pas de l'espèce la plus grave, le
trouble de mon ame égale des impressions qui furent trop chères à
mon cœur. Que l'exemple de ta
pauvre amie te touche et te serve
de leçon. Du sentiment au crime il
n'y a qu'un pas, et de la vie à la
mort, hélas! l'espace est bien court.
Il me semble encore toucher au
dernier instant, à celui qui n'é-
claire les yeux de l'ame que pour
éteindre ceux du corps. Il faudrait
être bien peu pénétré des vérités
qu'on nous a enseignées et de la
grandeur du Dieu devant lequel
nous devons paraître pour voir de
sang froid ce dernier moment.

» Que d'obligations n'ai-je point à ma digne, à ma respectable mère! c'est elle qui, le cœur déchiré et percé de mille coups au premier signe du danger dont j'étais menacée, a eu le courage de songer à mon salut et de me parler avec une tendresse, une piété et une élévation que la religion seule inspire. Quand je me la rappelle je crois encore l'entendre.

» Tu viens d'avoir un très-grand sacrifice à offrir au Seigneur, ma chère fille, me dit-elle en arrosant mes mains de ses larmes. Lorsque la nature a usé de ses droits, il faut savoir se résigner aux volontés de l'Être-Suprême. Nos jours sont entre ses mains, tu le sais, ma chère enfant, j'espère que le monde n'a point encore corrompu ton cœur;

mais n'as-tu rien sur la conscience qui te fasse de la peine? Souvent je te vois agitée et inquiète; garde-toi d'être sourde à la voix intérieure si c'est elle qui te presse. Dieu te tend les bras, il est aussi bon que juste; jette-toi aux pieds d'un de ses ministres, choisis un homme éclairé; je ne t'en propose point, tu en connois sans doute. Ah! ma mère, m'écriai-je, en suis-je déjà réduite à cette extrêmité? Quoi! il me faudrait mourir à vingt-deux ans, empoisonner le reste de vos jours, vous quitter pour jamais! Je m'étais jetée à son cou, je la serrais étroitement, j'inondais son visage de mes pleurs. Non, ma fille, reprit-elle, avec une sorte de fermeté, non, ma chère enfant, nous ne nous quitterons point, j'espère

que tu vivras pour recueillir mon
dernier soupir. Je le demande ar-
demment au Seigneur ; et si j'avais
le malheur de te perdre, nous ne
nous quitterions pas encore. Les
forces s'épuisent avec les années ; à
mon âge on ne soutient plus de
semblables coups. Mais écartons ces
idées : Ce n'est point relativement à
ton état que je t'exhorte à mettre
ordre au repos de la conscience,
tu n'es point dans ce danger évident qui ne laisse pas le temps de
la réflexion, et je serais bien fâchée
de l'attendre. Communément on
effraie le malade par cette fausse
délicatesse ; ce n'est point là ressource du sacrement qu'on vient
leur offrir, c'est leur dernière heure
qu'on se trouve forcé de leur annoncer. Moi, ma chère fille, je pré-

viens les malheurs de loin; quand
on aime avec tendresse, il suffit
qu'ils soient possibles pour les
craindre, et je veux éviter de t'effrayer s'il survenait de nouveaux
dangers. D'ailleurs je te l'ai dit, tu
m'as paru n'être pas dans une as-
siète tranquille. T'avouerai-je tout,
ma chère enfant? Depuis plusieurs
mois tu vis dans la dissipation; M. de
Norfalque ne te quitte point, il est
aimable. Avec de la vertu on n'est
pas toujours maîtresse des mouvemens du cœur. Je ne cherche point
à pénétrer le tien, ma chère fille,
c'est à toi d'en sonder les replis.

» Elle parlait encore cette incom-
parable femme, le modèle et l'exemple des mères, elle parlait et je ne
l'entendais plus. La violence de ma
douleur m'avait occasionné une fai-

blesse qui ajouta à mes frayeurs; à peine eus-je repris mes sens que je demandai un confesseur, jamais confession ne fut plus exacte ni repentir plus sincère.

» Depuis ce moment je suis beaucoup *moins agitée, mais ma chère,* je sens que j'ai besoin d'un tendre épanchement et je m'y livre avec toi, parce que toi seule es digne de cette marque de confiance. Ouvre tes bras à ta malheureuse amie, laisse-lui déposer toutes ses peines dans ton sein. Je crois déjà m'apercevoir que la plainte les allège. Songe que j'ai perdu presqu'en un instant tout ce que j'avais de plus cher. Ma fille n'a vécu que deux jours, et M. de Norfalque est parti..... Oui, ma chère, il est parti sans espoir de retour, et c'est moi-même

qui lui en ai prononcé l'arrêt. Je
devais cette réparation à M. de St.-
Sirant, quoique mes torts envers
lui fussent bien légers. Mais qu'il
est dur de remplir ces devoirs extérieurs, quand le cœur n'agit point
de concert et qu'il gémit encore *tout
bas* ! le mien est déchiré de toutes
les manières possibles, personne ne
partage mes maux. Ma mère est trop
occupée de ma convalescence pour
s'attendrir sur mes pertes. Mon
mari a déjà oublié qu'il devait lui
rester un enfant. L'homme qui lui
portait ombrage est loin de lui, il
ne s'inquiète plus de rien, et moi
seule, infortunée, je dévore mes chagrins : fasse le ciel, mon aimable
amie, que tu n'éprouves jamais aucune des peines que j'endure, et
surtout que tu recouvres la tran-

quillité de l'ame. Crois-moi, renonce à d'Olmanc, épouse M. de
Crémy, sois à lui de bonne foi et
sans réserve, que ton cœur n'ait
point à rougir de ses secrets mouvemens. Le seul bien réel se trouve
dans la vertu, et l'unique moyen de
la conserver, est d'être fidelle aux
pratiques de la religion. Oublie ce
que j'ai pu te dire d'opposé, j'en reconnais l'erreur : abjure de même les
tiennes et soyons unies de cœur et
d'esprit pour toujours. Adieu, charmante amie : si Dieu me rend la
santé, je me propose d'en faire un
meilleur usage. Je n'irai point à
Paris, l'air en doit être trop corrompu. »

RÉPONSE

A M. DE CRÉMY.

« MA mère eût été très - aise ,
Monsieur, d'avoir l'honneur de vous
voir , mais on ne peut que louer
les motifs qui vous retiennent , et
vous féliciter sur l'heureux succès
de vos affaires ; je souhaite que celles
qui vous restent à régler se terminent selon vos désirs..... Ma mère est
très-sensible à votre souvenir ; elle
compte effectivement aller passer
les premiers jours de l'année chez
mesdames ses sœurs : vous n'aviez
surement pas besoin de sa permission pour l'y venir voir. »

~~~~~~~~~~~~~~~~~~~~~~~~~~~~~~~~~~~~~~

LETTRE

DE MADAME DE RENELLE.

————————

« Que vous dirai-je, ma chère petite, que je ne vous aie déjà dit? Je
prends part à vos peines, vous n'en
devez pas douter. J'étais disposée à
partager votre joie, et je m'afflige
non des nouvelles tentatives de M. de
Crémy, mais de l'impression qu'elles
vous font. C'est ainsi que la tendre
amitié communique d'une ame à
l'autre toutes les impressions mu-
tuelles; les conseils d'un cœur dur
et désintéressé peuvent révolter, je
n'en suis pas surprise; mais, ma

chère enfant, une amie qui souffre
de vos maux s'est acquis le droit de
représentation. Un jour peut-être
vous étonnerez-vous de ce qu'elle
n'a pas eu le pouvoir de vous convaincre. Le cruel état où vous me
marquez que je *vous ai réduite*
m'impose silence. Il pourrait être
dangereux d'irriter votre sensibilité.
Ne consultez donc plus que vos propres forces, qu'elles vous décident
sur ce que vous devez faire. Quand
on prend l'honneur pour règle de
ses démarches, jamais on ne court
risque de manquer à ses engagemens.

» Le style de M. de Crémy m'a
paru celui d'un homme sensé, mo-
deste et généreux : tout autre à sa
place n'aurait pas manqué de mettre
dans le plus grand jour les torts

vrais ou faux de sa famille pour
voiler les siens, et vous aurait presque demandé de la reconnaissance
du sacrifice qu'il fait pour vous. Au
moins aurait-il prétendu à votre
admiration : voilà les hommes du
siècle. Celui-ci n'exige rien, il a
assez bonne opinion des autres pour
penser qu'ils savent apprécier les
choses ce qu'elles valent. Encore
une fois, j'aime ces ames simples
qui trouvent le plaisir dans la pra-
tique du bien sans en attendre d'autre récompense. Cependant suivez-
le de près, et voyez si je ne me
trompe pas.

» La lettre de madame de St.-
Sirant m'a fait pitié, elle est à
plaindre pour le moment : vous,
ma chère petite, en pareil cas vous
seriez malheureuse pour toujours.

Relisez attentivement ce qu'elle vous
marque : le peu de consistance des
divers sentimens qu'elle peint vous
frappera ; par tout on voit qu'elle
pleure sur elle-même. Ce ne sont
ni les remords, ni ses pertes qui
l'affligent, ni la *religion* qui la
touche : c'est la crainte de la mort
qui l'effraie. En tous points cette
femme n'a qu'une sensibilité mo-
mentanée, effet de la vivacité plutôt
que de la tendresse de son ame.

» D'ailleurs, ma chère enfant,
tant de fois madame de St.-Sirant a
varié dans ses principes, que je fais,
on ne peut pas moins de fonds sur
ce retour : elle vous dit qu'elle a
congédié M. de Norfalque, cela est
vrai, mais son mari l'y a obligée.
Je le tiens de quelqu'un de sûr, et
je sais également qu'il s'en faut bien

que tout plie sous ses lois, ainsi
qu'elle vous le mandait il y a peu
de temps. Son bonheur, son malheur, tout gît pour elle en spécula-
tion; elle se persuade que les autres
n'ont qu'un fantôme de volonté, et
c'est elle au contraire qui n'a que
l'ombre de la liberté. Voyez combien
l'amour propre excessif altère le jugement. Quiconque s'applaudit et
ne s'occupe que de soi-même, voit
en beau tout ce qui y a rapport, et
rarement aperçoit ce qui peut l'humilier. Je crois peindre votre amie
par ce seul trait.

» Adieu, aimable enfant; vos
doutes, vos questions me décou-
vrent à tout instant des qualités
précieuses; ce qui vous rendrait
plus chère à mon cœur, s'il m'était
possible de vous aimer davantage ».

LETTRE

A MADAME DE SAINT-SIRANT.

« Oui, ma chère, ton amie te tend les bras, et ce serait de tout son cœur qu'elle voudrait pouvoir prendre sur son compte la moitié de tes peines. Tâche de rappeler ta raison, songe à rétablir ta santé, l'avenir réparera tes pertes. Tu es si jeune! j'imagine cependant à merveille combien la nature doit souffrir d'une semblable perte. Ce n'est point parce que ta fille t'avait beaucoup coûté, que je te trouve

2

à plaindre de ne l'avoir plus; c'est
la privation d'une autre toi-même
que je regrette pour toi; il me
semble que plus nos affections se
multiplient, plus les ressorts du
cœur s'étendent, et plus nous ap-
prochons du vrai bonheur.

» Oserai-je te parler du second
objet de ta douleur? Hélas! je crains
que ce ne soit rouvrir des plaies
encore saignantes. Mais, ma chère,
j'avais tout prévu, si ce n'est l'excès
de tes remords qui m'étonnent; car
tu n'es pas coupable; à peine sépares-
tu le entiment du crime. Eh! combien de femmes tu condamnerais!
mais je suis moins sévère que toi, et
ne fais point consister la vertu dans
l'insensibilité; la vertu, à ton sens,
serait indépendante de la réflexion.
Au reste, chacun a sa manière de

voir; mon intention n'est pas de
fronder tes nouveaux principes, je
désirerais seulement pouvoir calmer
tes regrets et dissiper tes craintes.
Je suis bien fâchée qu'il ne me soit
pas permis de voler vers toi, je me
flatte que je *remettrais un peu de*
sécurité dans ton esprit. Mais ne
m'épargne point, ma chère; oui,
dépose toutes tes peines dans mon
sein, ne crains point de m'attendrir,
ne songe qu'à les alléger, et compte
sur l'indulgence d'une amie qui
n'est guère moins infortunée que
toi. Nous partons dans l'instant pour
aller voir mes tantes, où je crois
que nous trouverons M. de Crémy.
J'ignore encore si son sort sera uni
au mien. Sans le connaître davantage, je ne puis me décider.

» Adieu, ma chère, aie bien soin

de ta santé, donne-moi souvent de
tes nouvelles, et ne doute jamais
du sincère intérêt que je ne cesserai
de prendre à tout ce qui te regarde. »

La lettre de M. de Crémy m'avait
rendu ma première tristesse. Je
compris que la victoire que je croyais
avoir remportée, n'était relative
qu'aux évènemens. D'Olmane venait
souvent mettre le comble à mes
maux par ses marques d'attachement
et par une circonspection qui accrut
singulièrement mon estime pour lui.
J'admirais qu'il pût se montrer aussi
tendre, aussi fortement épris, et
que jamais il ne lui échappât un
mot, un conseil qui pût nuire à M. de
Crémy. Un penchant, quelque honnête qu'il soit, est un écart du cœur
que la raison nous fait payer cher
quand il faut y renoncer. Je n'entre-

prendrai point de décrire tout ce qu'il m'en a coûté, je ne le rendrais que faiblement. Il est des choses qui ne sont faites que pour être senties. Heureusement il est aussi des compensations pour ces peines intérieures. Quand l'orage des passions a cédé aux efforts de la vertu, le plaisir d'avoir rempli ses devoirs, dédommage amplement des maux qu'on a souffert : j'ai toujours mis cette satisfaction dans le premier rang, et je m'en suis bien trouvée.

» La veille de notre départ pour la Rochelle, d'Olmane vint passer la journée chez la Comtesse. Nous nous trouvâmes seuls quelques instans. Eh bien! me dit-il, c'en est donc fait? vous allez conclure. Pas encore, répris-je. Si c'est un mystère, Mademoiselle, je ne vous demande plus

rien, je me contenterai d'en gémir,
de déplorer mon sort, et de vous
regretter comme une perte irré-
parable pour moi. Ce compliment
est plus flatteur que sincère, lui
dis-je, les choses ont toujours été
trop éloignées ; mon cœur les rap-
prochait, Mademoiselle, et depuis long-temps vous avez dû voir
que je faisais dépendre de lui toute
ma félicité. Je ne me plains point
du parti que vous prenez ; vous trouvez une fortune fort au-dessus de
celle que j'aurais pu vous offrir ;
mais je sens, aussi vivement qu'il est
possible, le malheur de n'en pas
avoir une digne de vous. Mon unique ambition eût été de la mettre à
vos pieds, personne ne connaît aussi
bien que moi ce que vous valez.
Une femme comme vous est un tré-

sor inestimable; si M. de Grémy sait
y mettre le prix, ce sera l'homme....
Votre imagination va bien vîte,
lui dis-je, il n'est pas du tout décidé
que M. de Crémy soit mon époux :
on me presse, il est vrai, mais il
s'en faut de beaucoup que mon parti
soit pris. Soyez sûr que si j'étais dé-
cidée j'en conviendrais. Ma franchise serait la première marque de
reconnaissance que je croirais devoir à l'intérêt que vous voulez bien
y prendre. De l'intérêt et de la reconnaissance! Ah! Mademoiselle,
que ce langage est froid! On entra,
il fut interrompu et le fut très-à-
propos. Les forces commençaient à
me manquer, il ne m'eût plus été
possible de lui dérober le trouble de
mon ame. Que de cruels momens
l'amour, sans cesse en contradiction

avec le devoir , fait passer à une
femme sensible !

» La Comtesse n'osait me faire aucune question analogue aux circonstances, elle se restreignait aux caresses, croyant m'engager par-là au
sacrifice qu'elle voyait bien ne devoir
attendre que du temps. Cependant
qu'allait-elle dire ? que répondre à
l'ami de M. de Crémy ? Cela l'intri-
guait. Elle chargea M. de Prévalle
de démêler à-peu-près quelles pou-
vaient être mes vues dans le silence
que je m'obstinais à garder. Le tête-
à-tête que j'avais eu avec d'Olmane
lui en fournit l'occasion. Qu'avez-
vous appris de nouveau, me demanda-t-il ? Où en est le mariage de
d'Olmane ? Nous n'en avons pas
parlé , lui répondis-je..... C'est donc
le vôtre qui a fait le sujet de votre

entretien?... Oui, Monsieur, en
partie; eh bien! vous approuve-t-
il?.... Mon indécision le dispense
de m'approuver et me sauve du blâme. Mais il faudrait cependant tâcher de fixer cette indécision. Depuis
deux mois vous avez eu le temps de
réfléchir; vous sentez bien que ce
voyage-ci doit arrêter quelque chose.
Il ne conviendrait pas, si absolument vous ne vouliez point de M. de
Crémy, de le tenir en suspens. S'il
ne s'agissait, répliquai-je, que de
ce que je veux, ou de ce que je désire, tout serait bientôt dit. Mais
ma position me force à envisager
le mariage qu'on me propose sous
un autre jour. Je sens parfaitement
que si je manque celui-ci, la Comtesse ne retrouvera jamais la même
facilité de se débarrasser de moi.

3   3

D'un autre côté il me paraît plus affreux que je ne puis vous le dire, de me donner à un homme pour lequel je me sens une répugnance extrême.... Un déluge de larmes suspendit mes plaintes. M. de Préralle ne put se défendre d'un peu de pitié. Soulagez-vous, me dit-il, je conçois que vous en avez besoin. L'excellence de votre raison, la justesse de votre discernement et, plus que tout cela, la bonté de votre cœur, la tendre sensibilité de votre ame ajoutent encore à votre supplice. Toutes vos réflexions sont très-sensées, je voudrais seulement les voir plus déterminées; mais ce doit être votre ouvrage. Je n'emploierai pas même la voie de la persuasion; les circonstances sont trop difficiles. Nous partîmes le lendemain pour la Rochelle.

La Comtesse attendait avec la plus grande impatience l'arrivée de M. de Crémy ; mais il ne vint point ; M. de Plenneton écrivit pour lui à son ami, qui nous envoya sa lettre.

LETTRE

DE M. DE PLENNETON.

« M. de Crémy s'est engagé un peu légèrement à aller vous voir, mon cher de Niord, moins sans doute pour vos beaux yeux, que pour ceux de Mademoiselle de ***. Les amans ne prévoient jamais d'empêchement aux projets qu'ils forment : mais quand il s'agit d'affaires aussi importantes que celle que nous avons à régler, il faut faire trève à l'amour. Savez-vous bien que ma femme était lésée considérablement par le partage qu'avait fait son père avant sa mort? Crémy comprend enfin que la probité ne permet point ces préférences, et au lieu de plaider comme nous l'eussions fait indubitablement, dès qu'il veut se marier, nous allons procéder à un nouveau partage. Cela demande du temps, ainsi prévenez vos dames, que moi qui ne suis point obligé d'être amoureux, ne saurais me rendre à leurs ordres. Entre nous je ne vois pas ce qu'il y aurait d'avantageux pour Crémy dans ce mariage : il aura une jolie femme, c'est à-peu-près tout ; et souvent c'est un bien propre à donner plus d'humeur que de plaisir. Au surplus il est sage, qu'il y réfléchisse bien, et qu'il s'arrange. Mais qu'il n'espère pas que je m'en mêle. Je suis, mon cher

de Niord, votre ami pour toujours.
Crémy vous embrasse, ma femme
vous boude, elle vous pardonnera
difficilement de lui avoir donné tort
pendant la brouillerie. »

Faire-trève à l'amour : quel propos ! il me blessa singulièrement. La
Comtesse et mes tantes furent toutes
très-fâchées de la tournure que pre-
nait cette affaire. Chacune faisait
son observation ; toutes regardaient
la chose comme rompue. On accu-
sait M. de Plenneton, on n'osait
pas trop jeter la faute sur moi. On
me faisait entendre seulement que
mon air chagrin pouvait y être en-
tré pour beaucoup. On me parlait
raison toute la journée, et je m'en-
nuiais à l'excès. Nous partîmes enfin,
les uns fort mécontens, et moi in-

térieurement fort satisfaite. Quoique je n'eusse pour perspective que le choix entre deux genres de maux, cependant une lueur d'espérance entrait dans le fond de mon ame. La seule idée d'être délivrée de M. de Crémy y portait une douceur qui approchait du bien-être. Aussitôt après mon retour je l'appris à d'Olmane avec une joie peut-être trop marquée, car ce que l'on sent vivement échappe malgré l'attention la plus scrupuleuse. S'il est vrai que l'illusion soit un bien, d'Olmane fut moins heureux que moi; je ne saurais croire, me dit-il, que M. de Crémy ne pense plus à vous. Je ne démêle pas bien si c'est crainte ou désir qui forment mes pressentimens, mais je suis persuadé que ceci n'est qu'un retard. Néanmoins six se

maines s'écoulèrent sans qu'on reçût
aucune nouvelle. Je me croyais au
comble de mes vœux, j'avais re-
couvré toute ma gaieté, mes an-
ciens projets de liberté avaient repris toute leur force. Ce fut un aussi
furieux mécompte pour mon cœur,
que pour mon imagination, lorsqu'un jour on vint m'éveiller en
m'annonçant que M. de Crémy était
dans l'appartement de la Comtesse.
Eh bon Dieu! que m'importe son
arrivée, répondis-je? Il valait bien
mieux me laisser dans l'erreur d'un
songe agréable. Vous rêviez donc,
me dit la Comtesse qui était sur les
talons de ma femme de chambre.
Oui, repris-je d'un ton sec; il y a
six semaines que je rêve plaisam-
ment. Elle m'entendit bien; et me
supplia, en quelque façon, de mettre

plus de politique dans mon maintien et dans mes discours.

Dès que je parus, M. de Crémy
vint au devant de moi, il me fit
d'aussi grandes excuses sur la lon-
gueur de son absence, que s'il eût
été certain que j'en étais fort touchée; la Comtesse lui répondit pour
moi, je n'en trouvai pas le courage;
mais en l'examinant autant que j'en
étais capable, je crus remarquer
qu'il me considérait attentivement,
qu'il parlait plus qu'à son ordinaire,
que sans cesse il s'adressait à moi,
et qu'il pesait toutes mes réponses.
Aussitôt après le dîner il voulut
partir. La Comtesse lui fit les instances les plus vives pour rester,
tout fut inutile : il partit même
sans dire dans quel temps il re-
viendrait.

Cette conduite singulière nous étonna. M. de Prévalle crut que c'était une défaite honnête. La Comtesse me le reprocha avec aigreur, elle en imputait la faute au peu d'attention que j'avais marquée à M. de Crémy. Moi, sans savoir pourquoi, j'étais inquiète, je passai la nuit flottant entre la crainte et l'espérance. Le lendemain, au moment où je me disposais à écrire à madame de Renelle, je fus extrêmement surprise de voir entrer chez moi une fille que je connaissais pour une ouvrière de la maison, elle me remit une lettre très-précipitamment, me dit qu'elle allait passer chez madame la Comtesse pour qu'on ne soupçonnât rien, et que le soir elle viendrait chercher ma réponse, si je voulais tâcher de me trouver sur son chemin ; puis sans attendre un seul mot, elle s'en fuit.

Peu accoutumée à tout ce qui ressemblait aux intrigues, je demeurai presque immobile. Je ne savais si je devais ouvrir ce paquet assez gros et sans adresse ; enfin je m'y déterminai. J'y trouvai une lettre à mon adresse, une à celle de d'Olmane, et une autre que celui-ci m'écrivait. Soit mouvement naturel, soit envie d'éclaircir le mystère, je commençai par lire la dernière.

LETTRE

DE D'OLMANE A Mlle DE ^{***}.

« N'AVAIS-JE pas raison, Mademoiselle, de me défier des apparences de rupture qu'un léger intérêt vous avait fait prendre pour sincère? L'amour n'est point si aveugle qu'on le pense, mais à quelle épreuve met-on le mien? Eh que semble exiger de moi M. de Crémy? Lisez sa lettre, Mademoiselle, je n'ai pas la force de vous en expliquer le contenu; j'ignore ce qu'il vous mande, il ne m'en parle que pour me

prier de vous la faire remettre se-
crètement. Dix fois j'ai été tenté de
briser le cachet, dans la crainte qu'il
n'y eût des choses affligeantes pour
vous. Encore une fois, à quelle épreuve me met cet homme ? quelle est
délicate pour un cœur aussi tendrement épris! Quoi! je renoncerais
à vous, j'assurerais M. de Crémy
que je n'y ai nulle prétention, quand
j'y attache plus que jamais mon bonheur. Quelle fausseté, quelle bas-
sesse! non je ne la commettrai de ma
vie. Qu'il vienne cet homme auda-
cieux, qu'il vienne, je laverai de
son sang et du mien, s'il le faut,
l'affront qu'il prétend me faire !
qu'il prouve s'il vous mérite mieux
que moi, je suis prêt à tout. Dans
l'état où je suis, la vie m'est un pé-
sant fardeau, et je songerais moins

à la défendre qu'à me montrer digne
de vous. Mais hélas! où m'emporte
la passion ? Grand Dieu, que ne
m'est-il permis de m'y livrer sans
vous compromettre! je suis si vio-
lemment agité que ma plume tombe
de mes mains. Je vous quitte, Mademoiselle, encore incertain du parti
que je prendrai : puisse la réflexion
m'en fournir un conforme à vos désirs. Je vais examiner de nouveau
la lettre de M. de Crémy, et vous
en envoyer une copie; à peine l'ai-
je parcourue! Je sais seulement qu'il
doit être auprès de vous dans ce moment, et ma fureur en augmente. Si
je vous respectais moins, si votre réputation m'était moins chère, j'irais
sur l'heure.... Mais adieu, Mademoiselle; je dois vous cacher des transports qui peut-être vous offenseraient.

» *P. S.* Celle qui vous remettra ces lettres est la fille de votre tapissier, qui me sert aussi. Habituée à paraître chez vous elle n'y sera point suspecte. D'ailleurs elle me paraît adroite, je me suis assuré de sa fidélité *en la payant d'avance*, et lui promettant encore beaucoup. Tâchez de lui rendre votre réponse ce soir, vous la trouverez dans la grande avenue. Hélas! qui aurait cru que M. de Crémy me mettrait dans le cas d'user de ces ressources avec vous? En m'ôtant tout, il me procure une faveur à laquelle je n'aurais osé aspirer. Quel contraste, et que de combats il me livre! »

COPIE

De la lettre de M. de Crémy au marquis de d'Olmane.

SERAIT-CE de votre part, Monsieur, que l'on m'aurait donné l'avis que je viens de recevoir? Comme personne n'ignore dans la province que j'ai eu l'honneur d'être présenté chez madame la Comtesse de ***; on a pénétré facilement les motifs qui m'y ont conduit, et un homme que je ne nommerai pas, me prévint hier que vous comptiez vous opposer à mes démarches, qu'elles vous bles-

-saient, et qu'aucune considération ne pourrait arrêter votre ressentiment, même celui de Messieurs vos frères qui se disposent aussi à me disputer un bien que je désire vivement de posséder. Quoique je pense, sur tout ce qui s'appelle affaire particulière, comme les gens sensés le doivent ; croyez qu'en appréciant les préjugés, je mépriserais un homme qui ne saurait pas s'y soumettre ; et que l'honneur m'est trop cher pour passer sur un reproche que je ne mérite pas, ni sur un affront que je suis incapable de souffrir. Si donc vous avez prétendu m'intimider, je me crois obligé de vous avertir que vous n'y réussirez pas ; et je déclare que partout où vous voudrez me voir, je suis prêt à m'y rendre.

4

» Maïs, dix ans de plus me don-
-nant sur vous l'avantage de l'expérience, je possède encore celui du
sang froid, et la probité m'engage
à vous montrer autant de franchise
que de valeur. Ce n'est que depuis
peu de jours qu'il m'est revenu que
vous étiez attaché à Mademoiselle
de ***. Si son cœur vous appartient,
vous pouvez être sûr que je ne vous
enlèverai point la personne. Il n'entre pas dans mes principes de nuire
à la félicité des autres ; j'y sacrifie-
rais plutôt la mienne. Quoique vos
menaces ne changent rien à mes
projets, la réponse de Mademoiselle
de ***, aux questions que je prends
la liberté de lui faire, peut les détruire en un instant. J'ai assez bonne
opinion de vous, Monsieur, pour
croire que vous ne me refuserez

point la grâce de lui faire passer
ma lettre avec toutes les précautions
possibles. Parce que dans le cas où
elle m'avouerait qu'elle ne peut être
qu'à vous, je veux pouvoir lui sauver les reproches de Madame sa
mère, me *retirer sous quelque pré-*
texte, lui rendre sa liberté, et s'il ne
m'appartient pas de combler ses
vœux, au moins verra-t-elle que je
suis incapable de nuire volontairement à son bonheur. Le jour que
ma lettre vous parviendra je serai
chez elle. Plusieurs raisons me déterminent à cette visite. Outre qu'il
y a long-temps que je ne lui ai fait
ma cour, je serai bien aise de l'examiner de plus près. Si j'y arrive le
matin j'en partirai le soir ou le lendemain, afin que ma présence ne la
contraigne point, que vous puissiez

y aller si vous le désirez, et qu'elle puisse me répondre. C'est d'elle absolument que je compte recevoir des éclaircissemens, soyez-en bien persuadé, ne lui laissez point ignorer, et faites-moi l'honneur de croire, Monsieur, etc., etc. »

LETTRE

De M. de Crémy à Mademoiselle
de ***, incluse dans celle du
marquis de d'Olmane.

«Lorsque j'allai vous rendre mes
devoirs, Mademoiselle, j'ignorais
que M. le marquis de d'Olmane avait
des vues que vous approuviez ; je
n'en suis pas même encore certain.
Les bruits publics méritent confir-
mation, on ne doit pas les croire
légèrement. Mais des circonstances
auxquelles votre bonheur, peut-être
aussi le mien, paraît si fort inté-

ressé, m'engagent à hasarder une
démarche qui, j'espère, vous prou-
vera la droiture de mes intentions.
J'écris à M. d'Olmane pour les lui
expliquer, et j'ai l'honneur de vous
demander quelles sont les vôtres,
Mademoiselle, afin d'y conformer
ma conduite. Je sais que vous ne
me devez nulle espèce de confiance.
Peu connu de vous, il est téméraire
à moi, sans doute, d'oser interroger
votre cœur; cependant quel autre
moyen de nous sauver l'un et l'autre
du repentir qui suivrait de près un
mariage forcé? J'y ai réfléchi, et je
ne vois de préservatif à tant de
maux qu'un aveu de bonne foi. Ne
craignez donc point de m'ouvrir
votre ame, Mademoiselle, je vous
jure sur mon honneur que si M. d'Olmane prend les mesures convenables

pour couvrir ceci du plus grand mystère, jamais personne ne saura que vous m'avez écrit. Je ne serais ni surpris, ni jaloux, si ce jeune homme avait eu le bonheur de vous plaire. Accoutumés l'un et l'autre à vous voir, presque élevés ensemble, aimables tous deux, réunissant tous les agrémens extérieurs, il serait presque étonnant que la proximité n'eût pas fait naître à M. d'Olmane le désir d'unir son sort au vôtre. Les mouvemens du cœur consultent rarement les convenances pour se déterminer, et quoiqu'ils dévancent la raison, ils ne m'en paraissent pas moins excusables ; la nature aura toujours ses droits à part ; en vain veut-on s'efforcer de les détruire. Croyez, Mademoiselle, que je les connais ces droits, et qu'ils m'ins-

pirent pour vous la justice que je
réclamerais pour moi-même.

» Avant d'être induit à vous supposer un attachement ; j'ai pu vous
offrir un cœur libre ; aujourd'hui
je ne me pardonnerais pas de troubler votre bonheur. Je vous observai peu d'abord ; mais en me
rappelant ce que j'ai vu sans examen, en rapprochant vos refus,
vos délais, les prétextes que vous
avez pris, et l'air contraint qui les
accompagnait, je juge que ma présence vous était aussi importune
que mes propositions vous parais-
saient désagréables. Je regrette sincèrement de vous avoir causé quelques peines. Parlez, Mademoiselle,
un mot suffira pour vous rendre
votre première sécurité, parce que
mille raisons honnêtes peuvent

m'autoriser à me retirer sans vous compromettre.

« Quelques motifs particuliers m'avaient d'abord fait penser au mariage. La bonne réputation dont vous jouissez, l'éducation que vous avez reçue, le nom que vous portez achevèrent de vaincre une répugnance jusques-là connue de toute ma famille. Je suis persuadé qu'un homme ne pourrait être qu'extrêmement heureux avec vous. Voilà en deux mots ce qui me détermina. Mais je craignais l'amour, et vous trouvant plus faite que personne pour l'inspirer, dès que je vous eus vue, je désirai de conclure avant que la passion pût s'emparer de mon ame, parce que la passion aveugle, et je redoute les écarts qu'elle entraîne. D'un autre

côté, j'ai cru qu'en vous obtenant
avec précipitation je sentirais moins
la valeur du bien où j'aspire ; mais
j'ai toujours compté le recevoir
comme un présent du ciel, et non
comme une victime de l'obéissance
filiale. C'est donc à vous seule,
Mademoiselle, que je veux devoir
votre main si elle m'est accordée.
Un consentement tacite de votre
part ne me suffirait point : honorez-
moi d'un mot de réponse, je vous
en supplie, et soyez convaincue
que je ne négligerai aucun des ménagemens nécessaires pour remplir
vos vues, et vous prouver que
personne n'est avec plus de res-
-pect, etc.»

RÉPONSE

DE Mlle DE ***, A M. DE CRÉMY.

« JE suis véritablement alarmée, Monsieur, des bruits qui courent ; je les ai toujours craint, et je croyais avoir fait tout ce qu'il fallait pour les éviter. Je ne me consolerais pas s'ils donnaient quelque atteinte à ma réputation. Il me paraît par votre lettre qu'ils n'ont point encore affaibli votre estime. Mais peut-être aussi ne m'en témoignez-vous que pour m'engager à plus de confiance. J'avoue que j'aurais besoin d'être rassurée sur cet article. Cependant vous réclamez ma franchise, de manière à me persuader qu'elle vous touchera; ainsi je vais m'abandonner à la pente naturelle de mon caractère. La droiture en est la base. Croyez qu'il m'en coûterait plus à me dissimuler qu'à vous ouvrir mon ame. Quelques risques que je coure, car je ne me les dissimule pas, je les vois dans toute leur étendue; néanmoins je les brave.

» Oui, Monsieur, il est très-vrai que le marquis de d'Olmane a eu des vues favorables, peut-être même de l'attachement pour moi; j'ai cru aussi ressentir pour lui une sorte de goût fondé sur la reconnaissance dont il est bien difficile de se défendre en pareil cas, quand on est née sensible.

» Mais je n'ai pas sondé mon cœur plus avant, et je ne saurais vous en dire davantage. D'ailleurs le Marquis ne m'a mis dans le cas ni d'approuver ni de désaprouver ses démarches ; ses prétentions se bornaient à l'espérance, il la nourrissait sans que je pensasse à la détruire ; et j'avoue que j'ai eu quelque chagrin quand je vous ai vu venir pour renverser ces projets. Jusque-là mon imagination avait glissée sur des obstacles qu'aujourd'hui je crois insurmontables.

» Vos remarques sur mes refus et mes délais sont très-justes. Votre précipitation loin de me flatter m'offenserait ; je conviendrai même que je n'ai point rendu à vos sentimens la justice qu'ils méritaient. Me le pardonnerez - vous, Monsieur, et

voudrez-vous bien croire que je ré-
pare ce tort involontaire par l'estime et la reconnaissance que m'inspirent vos procédés ? J'ai l'honneur
d'être, etc. »

RÉPONSE

De Mademoiselle de ***, au marquis de. d'Olmane, en lui envoyant la précédente.

« Que puis-je vous dire, Monsieur, dans le trouble où m'a jeté votre lettre? Je l'ai lue et relue, ainsi que la copie de celle de M. de Crémy, et tous mes sens se sont glacés d'effroi. Que de malheurs elles me présagent! Quelle perspective pour une ame sensible! dans quel état me réduisez-vous l'un et l'autre? Ah! Monsieur, si jamais je vous fus

chère, ce n'a pu être qu'à titre
d'estime, conséquemment ma réputation doit vous être précieuse.
Songez de grace, songez dans quel
abîme de douleurs et de maux vous
me précipiteriez si vos projets.....
Je ne puis soutenir l'image qui
s'offre à mon imagination, elle me
retrace trop vivement les dangers
où la passion vous expose, où un
faux préjugé pourrait vous conduire... Je n'en soutiens pas l'idée,
mais je place ma confiance dans la
bonté de votre cœur ; vous ne serez point insensible à mes larmes, à
mes prières ; j'ose l'espérer. Venez
me voir ; si je puis vous parler un
instant, vous comprendrez combien mon honneur, ma gloire seraient compromis par un éclat, et
vous sacrifierez un ressentiment

injuste; pour vous y disposer, je
vous envoie la lettre de M. de
Crémy. A quelques paradoxes près,
vous y reconnaîtrez les sentimens
d'un galant homme; ils me tran-
quilliseraient si votre pétulante vivacité ne m'effrayait pas. Ci-
joint est ma réponse; faites - la
porter le plutôt possible. Adieu,
Monsieur, égargnez - moi des chagrins cuisans; puissé-je être redevable de votre prudence à votre estime; pour moi ma reconnaissance
en sera le prix. »

Le soir j'allai me promener dans
l'avenue du château où la même fille
qui m'avait parlé le matin ne tarda
pas à passer; sans presque s'arrêter
elle prit ma lettre, m'en donna une
autre de d'Olmanc, et me dit que
tous les jours à la même heure je la

retrouverais. Malgré mon extrême
répugnance pour ce commerce mystérieux, je fus forcée de m'y prêter
quelque temps, avant même d'avoir
l'approbation de madame de Renelle, mais je tirai des copies de
toutes les lettres, *et je les lui en-*
voyai exactement. L'amitié est si
puissante sur les cœurs sensibles,
que j'aurais crus commettre un crime en lui célant le moindre évè-
ment. »

LETTRE

Du marquis de d'Olmane à Made-
moiselle de * * *, en envoyant
chercher la précédente.*

« J'ai passé une nuit terrible, Mademoiselle ; je me garderai bien de
vous dire à quel excès j'ai été prêt
de me livrer. Peut-être ne dois-je
le calme qui facilite le retour de ma
raison, qu'à l'accablement où je me
trouve. Regardez-moi comme un

---

* Cette lettre s'est croisée avec celle de Mademoiselle de * * *, et celles qui suivent se
croisent aussi ; il est bon de l'observer.

malade qui sort du délire, c'est l'idée
la plus juste que vous puissiez vous
former de ma situation. Daignez
en prendre pitié, Mademoiselle;
j'arrose vos mains de mes larmes,
je vous jure un sentiment aussi res-
pectueux que tendre; oui, j'ose vous
jurer qu'il ne finira qu'avec mon
dernier soupir. Si le sort cruel me
ravit le plaisir de vous en réitérer le
serment, au moins ne pourra-t-il
rien sur un cœur à vous pour jamais. Quel charme j'éprouve à le
laisser errer au gré de ses désirs!
mon imagination me peint vos traits,
je crois vous voir.... Oui, j'ai le bonheur connu des seuls vrais amans,
je vous parle, vous me répondez,
je vous vois en effet. Ce souvenir
enchanteur ranime mes espérances,
ce son de voix si touchant me pé-

nètre, ces graces naturelles, que n'imitera jamais l'art, me transportent; nos ames se communiquent, la mienne est dans l'ivresse. J'habite un nouveau monde. O douce illusion, qui mieux que moi pourrait te réaliser! *tes félicités toutes chimériques qu'elles sont*, me rendent heureux. Que ne puis-je t'élever un temple, et n'en sortir jamais! mais où m'égaré-je? Quel affreux retour! pardonnez, Mademoiselle, ce transport d'un bonheur idéal : s'il vous offense, je vais expier mon erreur, elle me coûtera cher. Mais aurai-je bien le courage d'abandonner mes premières résolutions? Oui, l'honneur, la probité; plus que tout cela, peut-être mes sentimens pour vous l'exigent.

» Vertu sévère, que tes devoirs

sont durs à remplir ! Cependant
quand je vous aurai découvert ce
que je pense de M. de Crémy, ce
sera pour moi une obligation con-
tractée, d'être aussi généreux, aussi
honnête que lui. Quoique auteur de
tous mes maux, je lui dois la jus-
tice qu'arrache la force de la vérité.
C'est un galant homme; ses lettres
vous auront surement causé une
admiration que j'éprouve à regret
Je rougirais de vous avouer les
noires idées, les téméraires projets que m'avait suggérées la passion qui me tyrannise. Si je m'y
étais livré j'en mourrais de honte.
Mais un objet tel que vous rappelle à la vertu; qui vous aime ne
s'en écartera point. J'espère que
vous serez contente de ma réponse,
et qu'elle achèvera de vous con-

vaincre du pouvoir que vous avez
sur moi. Ah ! Mademoiselle, qu'il
est cruel d'estimer et de louer son
rival ! que ne puis-je me venger des
tourmens que j'endure, ou vous
être moins sincèrement attaché !
mais l'un m'est interdit, j'en sens
les conséquences, et l'autre m'est
impossible. »

COPIE

De la réponse du marquis de d'Ol-
mane à M. de Crémy, incluse
dans la précédente.

« S i j'avais tenu les propos qu'on
me prête, Monsieur, je ne les dé-
savouerais pas ; mais je respecte trop
sincèrement Mademoiselle de * * *
pour les avoir répandus dans le public. En supposant que je me crusse
offensé, ce n'est qu'à vous à qui je
voudrais le dire. Néanmoins si cette
courte explication ne vous suffit
point, je suis prêt à vous donner
telle satisfaction qu'il vous plaira.

Comme votre valeur ne m'a jamais été suspecte, vous devez également rendre justice à la mienne : peu importe la valeur des préjugés ; dès qu'il sont reçus, ils sont respectables.

» *Voilà ce me semble*, Monsieur, tout ce que vous attendez de moi, puisque vous ne voulez des éclaircissemens que de la main de mademoiselle de *** ..... Je lui ai fait passer votre lettre ; j'enverrai ce soir chercher sa réponse ; c'est à elle à vous remercier de vos offres généreuses ; quant à moi vous paraissez vouloir me dispenser de la reconnaissance. J'ai l'honneur d'être, Monsieur, etc. »

RÉPONSE

DE MADEMOISELLE DE ***,
AU MARQUIS DE D'OLMANE.

« Y pensez-vous, Monsieur ? de
quel ton écrivez-vous à M. de Crémy ? Est-ce là celui qu'on emploie
avec un homme qu'on estime, qu'on
admire, et qui mérite en effet l'un
et l'autre sentiment ? Vous plaisez-
vous à redoubler mes craintes ? Voulez-vous me forcer ?.... Mais non,
j'espère, j'attends des tendres protestations que vous me faites une

conduite qui y réponde. Je ne vous
parlerais pas de ces protestations
qu'il m'est défendu d'écouter, si
elles ne devenaient un moyen de
vous ramener à la raison, à l'honneur, à la générosité que vous perdez
dez de vue. En effet, qu'est-ce que
l'amour sans ces principes ? Le respect n'est ordinairement que la suite
de l'estime. Vous dites que vous me
respectez. Eh bien ! prouvez-le moi
en évitant tout ce qui peut tendre à
me compromettre. Ah! d'Olmane !
que vous connaissez mal encore la
délicatesse du sentiment que vous
croyez peindre...... Depuis quand
l'amour, cette passion noble, exclu-
sive, est-elle soumise à la vanité ?
Cette façon de sentir ne serait point
la mienne, Monsieur, je vous le répète, et si vous ne la désavouez pas,

vous me réduirez aux suites les
plus terribles du désespoir. L'honneur et la réputation! voilà mes
idoles. Si je les perds, vous me perdez ; la vie ne m'est rien, moins
que rien. »

LETTRE

De d'Olmane à Mademoiselle de ***, en envoyant chercher la précédente.

« Vos ordres sont exécutés, Mademoiselle, votre lettre et la mienne sont parties par le courrier d'aujourd'hui. Concevrez-vous le contraste de peine et de plaisir que j'ai éprouvé en collant mes lèvres sur ces caractères tracés de votre main ? des larmes de reconnaissance ont inondé mes yeux à la vue du léger intérêt que vous avez la bonté de prendre à mon existence. Hélas! ma vie est bien à vous, et je m'estimerais heureux de vous l'immoler. Néanmoins ne craignez aucune imprudence de ma part. Je sens trop ce que je dois à votre réputation; l'image des malheurs que vous vous efforcez de me présenter, n'est pas ce qui m'effraie. Si le destin barbare me sépare du seul objet qui pouvait faire mon bonheur, il n'y a plus de félicité pour moi, et je défie le sort de me rendre plus à plaindre. Mais vos intérêts me toucheront tant que je respirerai. Respectez cependant le préjugé qui intéresse mon honneur, et songez, Mademoiselle, je vous prie, au mépris qu'un homme lâche inspirerait à vous-même. C'est auprès des femmes que nous prenons les premières leçons de délicatesse? Et croyez-moi;

cet usage que vous nommez barbare, sauve bien des atrocités et des noirceurs, dont les autres nations nous offrent le tableau. Peut-être lui devons-nous les dehors séduisans d'une politesse qui étonne les étrangers, *et une urbanité qui assure le charme des sociétés.* Ce qu'il faudrait pouvoir détruire, c'est cette contradiction manifeste entre l'esprit général de la nation et le système du gouvernement, rien n'est plus inconcevable. Mais ni vous ni moi ne reformerons les abus qui naissent des meilleures lois. En vérité peu m'importe ; hors vous je ne vois rien, je n'entends rien, vous êtes mon univers. Permettez au plus infortuné des hommes de vous jurer encore qu'il vous adore, qu'il ne peut cesser de vous adorer. Grand Dieu ! me faudrait-il

abandonner tout espoir ? Que ferais-
je des jours qui me restent ? Vous
ne vous expliquez point, Mademoiselle : la lettre de M. de Crémy dont
vous m'avez fait part, me rendait
votre réponse précieuse. Elle a passé
par mes mains, mais elle était ca-
chetée, il a fallu respecter, peut-
être jusqu'au décret de mon malheur. Qu'y avait-il donc dans cette
lettre que je ne pus pas voir ?
M. de Crémy était-il appelé ? Eh
bien ! il fallait m'accabler tout d'un
coup plutôt que de me laisser lan-
guir sous le poids de vos chaînes.
Que vous me le rendez odieux cet
homme ! Hélas ! l'illusion vient encore à mon secours ! auriez-vous
craint que quelqu'une de vos ex-
pressions ne portât une lueur de
consolation dans mon ame ? Oh., si

vous saviez ce qu'il m'en a coûté
pour résister! combien j'ai souffert!
si j'osais vous avouer..... Mais je ne
l'oserai jamais. Vous mépriseriez
ces mouvemens secrets d'une passion qu'on ne réprime que par des
efforts incroyables. A peine les con-
çoit-on en les éprouvant. Comment
les excuser quand on ne les connaît
pas? Adieu, Mademoiselle, je suis
encore innocent, je vous le proteste,
mais ne m'exposez plus, je vous le
demande en grace. »

BILLET

A d'Olmane en réponse à la lettre précédente.

« C'EN est donc fait, Monsieur, cette lettre est partie ; il ne me reste plus d'espoir qu'en la prudence de M. de Crémy. S'il se pique comme vous d'un faux point d'honneur, je suis perdue ou prête à l'être. Au moins instruisez-moi de vos démarches. J'ai encore une ressource contre le dernier des malheurs. La mort est le remède à tout.

» *P. S.* J'instruirai votre commissionnaire de divers endroits où elle pourra me trouver. Ne l'envoyez qu'autant que vous aurez des nouvelles à m'apprendre; je vois que mes lettres sont superflues par le peu de fruit que j'en retire, et dès lors qu'elles cessent d'être utiles, ce commerce cesse d'être innocent ».

~~~~~~

LETTRE

De d'Olmane à mademoiselle de ***, en envoyant chercher le billet ci-dessus.

—•—•—•—•—•—•—•—

« N'ÉTAIS-JE point encore assez infortuné, Mademoiselle ? fallait-il ajouter à mes malheurs celui de vous déplaire ? Qu'ai-je donc mandé de si outrageant à M. de Crémy pour vous obliger à épouser sa cause ? C'est lui qui m'écrit le premier d'un ton de menace ; vous voudriez que j'eusse l'air de ramper. C'est lui qui veut me ravir un trésor, et vous

voudriez que j'eusse de l'amitié pour
lui! N'est-il point assez dur de l'estimer en le haïssant?.... Oui, je le
hais, je le déteste, je l'abhorre. S'il
m'était permis j'irais le lui dire en
face ; vous seule mettez des bornes
à ma fureur. Ah ! Mademoiselle,
c'est moi que vous réduisez au désespoir. Je vous demandais pour
toute grace un mouvement de compassion, et vous m'accablez de reproches; vous dédaignez d'écouter
mes sermens, vous refusez d'en
croire un malheureux qui ne respire
que pour vous! vous faites plus :
vous allez jusqu'à mépriser ses sentimens, vous osez les dégrader en
les dépouillant des principes qui les
ont fait naître, qui les accompa-
gnent, et qui les soutiendront tant
que j'existerai. Ce n'est pas votre ma-

nière de sentir, dites-vous ; hélas !
je ne le sais que trop ; elle vous est
inconnue ; je ne vous ai jamais causé,
peut-être, que quelques légères
émotions, effet de la bonté de votre
ame, bien plus que de la sensibilité
de votre cœur. Si je pouvais me
flatter que vous éprouvassiez pour
moi la millième partie de ce que je
sens pour vous, j'irais mourir de
joie à vos pieds. Dieu, quel dédom-
magement ! que je serais heureux !
Parlez, Mademoiselle, que faut-il
faire pour le mériter, pour m'en rendre digne, pour vous convaincre que
je le suis ? Parlez, et vous me verrez
voler où le bonheur, la gloire et la
vertu m'appellent. Oh ! ma bonne
amie, un peu de justice ; je remets
mes plus chers intérêts entre vos
mains, vous avez trop d'élévation

dans l'ame pour m'écarter de la
voie de l'honneur; soyez mon guide.
Hélas! vous pourriez être ma consolation ».

LETTRE

DE MADEMOISELLE DE ***,
À MADAME DE RENELLE.

« Que d'évènemens j'ai à vous apprendre, chère maman, et que j'aurais besoin de vos sages conseils !
mais ai-je le temps de vous les demander quand les accidens naissent
coup sur coup, qu'ils exigent une
prompte détermination, et qu'il s'a-
git de prévenir une chaîne de maux,
dont la perspective seule vous fera
trembler. Ah ! ma bonne amie, que
ne vous ai-je près de moi ! votre
prudence guiderait mes pas chan-

célans et calmerait mes inquiétudes.
Je ne hasarde pas une démarche
sans crainte qu'elle ne soit fausse ou
téméraire ; il semble que plus j'y
réfléchis, moins je me rassure ; ma
raison se refuse aux lumières que
je cherche, il faut m'en rapporter à
la bonté de mon cœur, et la bonté
nous égare souvent. Vous le savez,
ma bonne amie ; mais ce que vous
n'imagineriez pas, ce sont les nouveaux malheurs qui m'accablent.
Lisez les lettres ci-jointes, elles vous
instruiront mieux que je ne pourrais le faire, dans le trouble et l'agitation où je suis. J'appréhende
bien que vous ne blâmiez ce mystérieux commerce avec d'Olmane,
parce qu'il entraîne nécessairement
une confidente. C'est, il est vrai,
une fille du bas étage, qu'il paie

assez cher pour l'engager au secret.
Cependant si elle y manquait, que
de soupçons injurieux, que d'hu-
miliations ! mais comment faire ?
M. de Crémy lui-même me met dans
le cas de ne pouvoir reculer, puisqu'il choisit cette voie de préférence.
Mon Dieu, que j'en veux à son of-
ficieux donneur d'avis ! Si d'Olmane
venait à le découvrir, ce serait le comble de mes maux. Je n'ai jamais si
bien compris combien il m'est cher,
que depuis que ses jours me paraissent en danger. Néanmoins je m'ob-
serve, et j'espère que vous serez contente du froid de mes réponses.
Mais que ne m'en coûte-t-il pas ?
Fallait-il que de tous les obstacles
qui pourraient naître, ce fut préci-
sément le seul affligeant pour moi
qui survînt ? Je ne conçois pas quel

intérêt on a pu avoir à prêter ce maudit propos au malheureux d'Olmane. S'il a des suites, chère maman, je ne vous réponds plus de mon courage. Il faut ou mourir, ou m'ensevelir pour jamais. Adieu, *mon unique amie, voici l'heure du rendez-vous* : que ce terme me choque et m'humilie ! Je vous quitte ; demain un exprès vous portera ce paquet, trop gros pour l'envoyer par la poste ; mais je ne le fermerai point encore afin d'y pouvoir joindre les nouvelles que peut-être je recevrai ce soir.

» *P. S.* Il n'y a rien de nouveau de la part de M. de Crémy, chère maman : je vous envoie le billet de d'Olmane ; vous verrez s'il est fait pour me rassurer. Pourrait-on s'en fier aux résolutions que forme le

désespoir? D'ailleurs la jalousie vient
encore aigrir le sien : parce que j'ai
dit que M. de Crémy était estimable,
parce que j'ai craint pour les jours
de tous deux, il m'accuse de l'aimer,
de le préférer. Moi l'aimer ! ah ! ma
bonne amie, que les hommes sont
injustes, et que je suis malheureuse ! encore s'il m'était permis
de me justifier ! mais non : il faut
souffrir et me taire. C'est bien à moi
à m'écrier : ô vertu que tes devoirs
sont durs et pénibles à remplir! ma
bonne amie, aidez-moi, veillez sur
votre enfant, secourez-la ou elle suc-
combe.

» Voici une lettre de madame de
St.-Sirant, je n'ai pas la force de la
lire ; vous me la renverrez, chère
maman, si elle exige réponse. »

~~~~~~~~~~~~~~~~~~~~~~~~~~~~

RÉPONSE

*De d'Olmane au dernier billet de
Mademoiselle de ***.*

————————

« Destin cruel et barbare, quand
te lasseras-tu de me poursuivre ? Et
vous, Mademoiselle, plus cruelle
encore, quelle image m'offrez-vous ?
Avez-vous pu me connaître assez
peu pour croire que je la soutien-
drais ? Par respect, par ménagement
je me tais sur la révolution qu'elle a
produite. J'en suis revenu. Hélas !
Dieu m'est témoin que ce n'était pas
mon désir ; ma mort vous eût af-

franchie de toute crainte, elle eût
expié mes fautes, elle vous eût assuré des jours sereins. Malheureux,
tu n'as pas obtenu une larme pour
prix de ton amour! Mais vous eussiez été tranquille, Mademoiselle,
et je ne souffrirais plus de vos maux;
car dans cet instant j'oublie les
miens. Rassurez-vous, je n'atten-
terai point aux jours de M. de
Crémy, je vois trop bien qu'ils vous
sont chers; ses vertus vous ont cap-
tivée; ces mêmes vertus me le rendent plus haïssable peut-être: mais
vous l'aimez, vous le préférez; ne
tremblez plus pour lui, je connais la
victime qu'il vous faut immoler, je
saurai frapper le dernier coup quand
il en sera temps. Vous commencez
l'ouvrage, je le couronnerai. La violence de ma douleur préviendra

l'effet du désespoir. Assurez-moi seulement que vous me pardonnez, afin que mon dernier soupir ne puisse pas être un regret de vous avoir offensé ; mais qu'il soit un souhait pour votre bonheur, et une preuve que le mien en a *toujours* dépendu ».

LETTRE

De madame de St.-Sirant à Ma-
demoiselle de ***, envoyée aussi
à madame de Renelle.

«TES conseils sont quelquefois bons
à suivre; ma chère, il est sûr que
plus on accorde à la nature, plus elle
abuse de ses droits. Je me suis élevée
au-dessus de ses faiblesses indignes
des femmes comme nous. J'ai sup-
primé les larmes; j'ai saisi avidement toutes les dissipations qui se
sont présentées, et me voilà revenue
de mes évanouissemens. Crois que
sans un dérangement dans ma santé

je n'eus pas si fort pris les choses au tragique. Je sens encore la perte de mon enfant; je regrette le départ de M. de Norfalque. Tu connais assez mon cœur pour n'en pas douter. Mais ces frayeurs, ces remords, ces repentirs puérils, c'est ce que j'appelle à juste titre des petitesses que la raison désavoue. En vérité c'est une chose bien humiliante que la facilité de notre frêle machine à se détraquer. Je rougis de l'état où les maux du corps avaient réduit ma bonne tête. Puis quand je réfléchis qu'il se peut bien que les préjugés qui ont commencé mon éducation y aient aussi contribué, je me rassure, parce qu'il me semble que ce doit être un malheur commun à tous, et j'en rirais volontiers avec toi; mais ici je m'en garderais bien. Ne s'avise-t-

on pas d'imaginer que j'ai contracté
l'obligation de rester dévote? En
vérité cela est du dernier plaisant!
Quand je radoterai, à la bonne
heure. Mais d'ici-là j'ai encore le
temps de jouir. Pour entrer en lice,
écoute une bonne histoire : M. de
Norfalque, qui ne peut pas perdre
de vue mon voyage de Paris, m'a
envoyé le Chevalier de *** son frère,
pour m'aider de ses conseils. Ce
Chevalier est vraiment très-agréable,
il a plus d'usage du monde que l'aîné,
autant d'esprit et plus de ressources
en intrigues. Il n'aurait pas fait l'é-
cole à laquelle M. de Norfalque doit
son congé. Mais enfin nous nous re-
trouverons, j'espère. Les grands ressorts d'une très-petite machine sont
déjà en mouvement. Nous avons un
procès au parlement, on fait écrire

qu'il est nécessaire de l'aller solli-
citer. Mon cher époux donnera dans
le panneau, madame sa femme s'y
prêtera par raison, les deux frères
s'y trouveront par hasard, et quand
une fois nous serons réunis, les
rieurs seront de notre côté. Comme
tu le comprends bien, avec de tels
conseillers les maris n'ont pas beau
jeu. Mais à propos de mari, dis-moi
un peu, ma chère, où en est ton mariage? Je rencontrai M. de Crémy,
il y a une quinzaine de jours, et j'en
fus beaucoup plus contente que je
n'imaginais pouvoir l'être d'après le
portrait qu'on m'en avait fait. Cet
homme n'est silencieux qu'avec les
sots, il a su me démêler dans la
foule, nous avons causé deux heures
ensemble; il m'a étonné. Comme
j'étais prévenue qu'il n'aime pas

qu'on le questionne sur ses affaires,
je ne lui ai point parlé de toi, j'ai seulement tâché de l'examiner avec soin
pour t'en rendre compte. M. de St.-
Sirant l'a revu depuis ; ils se sont
presque liés, au moins se sont-ils
promis de se voir, j'en serai fort
aise. Tout le monde s'accorde pour
penser que tu serais très-heureuse de
former un semblable établissement.
Sa fortune est considérable. Mais
consulte ton cœur, puisque tu pré-
fères ses avis à ceux de la raison.
Adieu, ma chère, je te souhaite
tout le bonheur possible, quelque
parti que tu prennes ».

J'avais donné rendez-vous au
messager que j'avais envoyé à madame de Renelle, dans une avenue
opposée à celle où j'attendais ordinairement des nouvelles de d'Ol-

mane , je craignais fort de manquer
l'un ou l'autre ; mais la fille en
question m'attendit , et je reçus
presque en même temps les deux
lettres suivantes.

RÉPONSE

DE MADAME DE RENELLE.

« Votre messager ne m'a laissé que deux heures pour ma réponse, chère petite; il m'en a fallu employer une grande partie à lire vos papiers, j'ai été dérangée par d'autres occupations indispensables, et il me reste bien peu de temps à être avec vous, je vais commencer par l'essentiel, puis je traiterai le reste à mon aise.

» Je déplore, ma chère enfant, les circonstances malheureuses qui vous mettent dans le cas de vous livrer à une sorte d'intrigue : les mieux conduites entraînent toujours bien des soins, bien des peines, bien des inquiétudes. Tout ce qui blesse la droiture doit alarmer la délicatesse d'une fille bien née ; je *vois avec plaisir que la vôtre en* souffre, mais vous ne pouviez guère l'éviter qu'en indiquant une autre voie à M. de Crémy, et cela avait encore ses inconvéniens. Quand un petit mal présent, que l'intention justifie, peut prévenir de très-grands maux, il faut savoir s'élever au-dessus des scrupules, et se rappeler qu'il est des exceptions aux meilleures règles. Soyez attentive seulement à faire cesser ce commerce le plutôt que vous le pourrez ; car malgré toute vos précautions, le sentiment vous trahit, il perce en dépit de votre réserve, et il n'échappera surement point à la vanité de d'Olmane. Que vos réponses soient laconiques. Moins vous parlerez, moins il vous pénétrera.

» Je ne concevrais pas plus que *vous*, *quel motif* a pu le porter à donner un avis si déplacé à M. de Crémy, si je n'avais un peu plus d'expérience, car les ames droites pénètrent difficilement les détours des caractères faux ; cependant rappelez - vous la lettre de Plenneton à M. de Niord, c'est M. je crois le nœud gordien de ceci. Cet homme, ainsi que sa femme s'étaient flattés que M. de Crémy ne se marierait pas, il est aisé de le voir. Furieux de ce mécompte, peut-être ont-ils cru faire manquer le mariage par cette calomnie. Quelle

infamie-direz-vous ! comment noicir
quelqu'un par des vues d'intérêt aussi
éloignées ! Mais voilà les hommes :
avides et insatiables de biens, ils
sacrifient tout à cette vaine idole que
le moindre évènement peut renverser, *et qui, les tyrannisant sans*
cesse, ne les laisse pas même jouir
du bien-être effectif dont ils sont en
possession. Il veulent toujours anti-
ciper sur l'avenir, et rapporter tout
à eux.

» Je ne vous donne point ces conjectures pour vraies, le temps nous
éclaircira le mystère. Quant à vos
appréhensions sur les suites de cet
affaire, calmez-les, ma chère petite;
M. de Crémy me paraît sensé et
prudent, j'espère qu'il ne prendra
pas de mauvaise part la réponse de
d'Olmane. Il ne pouvait guère en

attendre une autre; croyez que les
hommes savent s'entendre; souvent
même pour l'honneur de leur espèce, ils sont bien aises de ren-
contrer des ames hautaines. Ce sont
d'étranges animaux avec leur fierté,
ils en font toute leur gloire; bien
heureux quand ils n'y bornent pas
toutes leurs vertus.

» J'ai été enchantée de la lettre
que vous a écrite M. de Crémy;
votre réponse n'est peut-être pas
aussi franche qu'elle pouvait l'être.
Au reste, il ne s'en paiera certainement point, ainsi vous pouvez y
revenir. Je ne serais pas fâchée
que cette petite correspondance
le mît à portée de développer sa
manière de penser sur les femmes,
et surtout sur ce qui peut avoir rapport à la société intime du mariage.

Si vous pouvez l'y engager adroite-
ment, nous nous assurerons de son
caractère et de ses mœurs. Je voudrais bien aussi avoir la clef de
quelques-unes de ses phrases touchant l'amour, les passions, les
dangers d'aimer sa femme ; et s'il
en parle encore, tâchez de le faire
expliquer.

» Adieu, ma chère enfant, on
vient presser ma réponse, je sup-
pléerai demain à l'étendue qu'elle
devait avoir. Comptez que je ne vous
abandonnerai pas : prenez courage,
il n'y a que les ames faibles qui se
laissent abattre par le malheur ; il
élève les autres et leur prête un
nouveau lustre. »

LETTRE

DE D'OLMANE A Mlle DE ***.

« Ce n'est donc que de mon ennemi, Mademoiselle, qu'il me faut attendre la permission de vous écrire, et la faveur de recevoir un mot de réponse? Quel sort est le mien ! jamais mortel fut-il plus malheureux? Sans les lettres qui m'arrivent aujourd'hui, soyez assurée que je n'aurais pas osé enfreindre vos ordres ; j'étais résolu de m'y soumettre. Quelques combats que l'amour, la haine, la vengaence, toutes les passions

réunies puissent me livrer, et malgré
la douceur qui suit la plainte, je
veux tâcher de ne plus vous impor-
tuner des miennes. L'insensibilité
avec laquelle vous les recevez, me
fait sentir que ce n'est plus vous
ouvrir mon ame, c'est la déchirer,
c'est livrer mon cœur aux plus affreux tourmens ; mais enfin il souffre par vous et pour vous.

» A quelle extrémité l'infortune
réduit-elle les hommes pour trouver
des motifs de consolation ! Grand
Dieu ! vous le voyez, j'adore encore
la main qui me frappe, et les coups
qu'elle me porte sont le seul bien
qui me reste. Hélas ! qui m'aurait dit,
il y a deux fois vingt-quatre heures,
que je regretterais aujourd'hui un état
que je déplorais alors ? Je l'eusse cru
impossible. Cependant quelle diffé-

rence! je pouvais vous parler de ce que
je sentais, je croyais entendre cette
touchante exclamation qui vous
échappait dans ces premiers billets
où vous ne craigniez point de nommer un nom qui aurait pu être le
vôtre : d'Olmane, me disiez-vous !
je m'attendrissais. Une délicieuse
ivresse s'emparait de tout mon être,
et maintenant je suis anéanti. Ciel,
tout a donc des bornes en ce monde !
et pour moi seul le malheur n'en a
point..... Mais je ne voulais pas me
plaindre ; pardonnez , Mademoiselle ; mes larmes vont effacer ce
que mon cœur n'a pu contenir. J'espère que vous n'y pourrez plus voir
que ce qui est relatif à M. de Crémy. Ci-joint sont ses lettres ; j'attendrai pour faire ma réponse que vous
m'en ayez prescrit les termes. J'au-

rais peur que vous ne m'imputas-
siez l'excès auquel il paraît qu'il
prétend en venir. En observant tous
les ménagemens que je garde, par
rapport à vous, vous ne voudriez
pas, j'imagine, qu'on flétrît le reste
de mes jours. J'ai vécu en galant
homme, laissez - moi mourir en
homme d'honneur, je n'ai plus d'autre grace à vous demander. »

~~~~~~~~~~~~~~~~~~~~~~~~~~~~~

LETTRE

De M. de Crémy à d'Olmane, incluse dans la précédente ainsi que celle qui suit.

———————

« LE ton avec lequel vous me répondez, Monsieur, n'est pas celui dont on use communément avec un homme qui a pu se croire offensé. Le respect que vous avez pour mademoiselle de *** peut lui plaire beaucoup, mais il ne prouve rien envers moi. Ce n'était point une décision sur la force des préjugés que j'attendais de vous, c'était une explication pure et simple sur les propos qui me sont revenus. Ils méritent le désaveu de tout homme incapable de les tenir. Or vous m'alléguez des raisons plus suspectes que recevables par là satisfaction que vous m'offrez. Si vous pensez me la devoir, je ne la refuserai pas, soyez-en sûr. Jusqu'à présent je ne suis point encore soustrait à votre ressentiment; car les circonstances qui l'ont fait naître, subsistent dans la même force. Mademoiselle de *** en est l'arbitre, elle prononcera, et je tiendrai ce que je lui ai promis sans prétendre m'arroger des droits à sa reconnaissance. Conséquemment il ne m'est pas venu dans l'idée de chercher à en exiger de vous ce sentiment : il ne se demande ni ne se refuse, mais il se mérite, et se paie

à la manière de ceux qui l'éprouvent.
Celui qui l'exige en connaît bien
peu le prix, car il s'expose à le perdre. J'ai l'honneur d'être dans les
mêmes termes que vous, etc. »

» *S. P.* Recevez mes remercîmens
de l'exactitude que vous avez bien
voulu mettre dans le petit service
que je vous demandais ; si je connaissais une voie aussi sûre, je vous
éviterais ces soins. »

LETTRE

DE M. DE CRÉMY A Mlle DE ***.

« Non, Mademoiselle, les bruits qui courent n'ont point affaibli mon estime, et je vous proteste que votre franchise augmente mon respect. Je ne chercherai point à pénétrer plus avant dans vos secrets. Le marquis de d'Olmane vous aime, il vous a plu, c'est m'en avoir dit beaucoup plus que je n'avais droit d'attendre. Permettez-moi cependant encore une question.

» Je ne vous demande plus au-

jourd'hui ce que vous voulez vous
cacher à vous-même; je vous demande seulement ce qu'il est indis-
pensable que je sache, c'est la conduite qu'il me reste à observer.
Qu'une bienséance tyrannique ne
vous retienne pas, *songez qu'il y va*
de votre bonheur; oubliez que vous
parlez à une personne intéressée,
et peignez vos intentions au naturel.

» Si j'osais, j'interrogerais votre
cœur sur trois points.

» 1°. Les obstacles que vous croyez
insurmontables, suffiront-ils pour
obliger d'Olmane de renoncer à ses
vues?

» 2°. En les supposant insurmontables, et l'espérance évanouie, vos
sentimens pour lui cesseront-ils?

» 3°. Seriez-vous disposée à former un autre établissement; pré-

sumez-vous pouvoir agréer celui que j'ai l'honneur de vous offrir ?

» Voilà, Mademoiselle, trois objets importans à examiner : tant que vous ne daignerez pas m'en donner une solution précise, je ne hasarderai pas de vous aller rendre *des hommages* qui pourraient vous déplaire. Il n'est point nécessaire d'être amoureux pour se marier, je répète même qu'il vaut mieux ne pas l'être à bien des égards ; mais je crois qu'il faut un cœur dégagé de toute autre affection, afin que celle qui doit y naître tire son origine de la connaissance qu'on acquiert des qualités réciproques ; quand la bouche a dit *oui*, c'est au sentiment à le ratifier. Mais si le sentiment démentait ce *oui*, que de malheurs n'en résulterait-il pas ; car il n'est plus permis

après l'engagement de remonter au
principe de l'intention. On doit
partir du fait évident pour remplir
tous les devoirs qu'impose l'état
qu'on a embrassé, et ces devoirs sont
bien plus stricts pour les femmes que
pour les hommes : je suis fâché de le
dire, en introduisant les préjugés ils
ont eu soin de s'affranchir de leur
joug; ils l'ont appesanti sur votre
sexe. Mais toujours serait-il injuste
qu'une femme punît un honnête
homme de la préférence qu'il lui
a donnée sur nombre d'autres, et
de ce que ses parens l'ont contrainte
d'y répondre. Mademoiselle, plus
je réfléchis, plus je suis effrayé des
repentirs que présage une union
formée sous les auspices de la vanité, de l'ambition et d'une convenance apparente...... Voyez qu'en

dépit de tout ce qui m'engage à désirer votre main, je ne cherche point à vous séduire; au contraire je vous présente un inconvénient à craindre : il me semble que vos réflexions ne peuvent embrasser trop d'étendue; *pensant trop bien* pour ne pas vous soumettre aux principes reçus dès qu'une fois vous en aurez contracté l'obligation, je vous exhorte à en tirer d'avance toutes les conséquences possibles ; prévoir le malheur, c'est souvent l'éviter, ou du moins se ménager des ressources quand il arrive.

» J'ai l'honneur d'être ».

RÉPONSE

DE Mlle DE ***, A M. D'OLMANE.

«Non, Monsieur, ce n'est point à
M. de Crémy que vous êtes redevable de mes billets, c'est aux évènemens. Avec plus de justice vous
ne verriez dans ma conduite qu'une
exacte bienséance, de laquelle je
m'étonne que vous m'ayez cru capable de m'écarter. Il est assez dé-
sagréable pour moi d'être forcée
de me prêter à un commerce que
mes principes condamnent. N'espérez point que je m'expose jamais

à ce qu'ils me le reprochent. Si j'étais moins sensible, je ne m'en plaindrais pas. Vous n'êtes pas le seul qui souffrez ; j'éprouve des peines réelles, et vous vous en forgez d'imaginaires, ainsi nos positions se rapprochent beaucoup. Puisse cette réflexion adoucir l'amertume des vôtres !

. » La lettre que M. de Crémy vous a écrite m'attriste autant qu'elle m'inquiète : le moyen de disputer sans cesse sur des mots, tandis qu'on est d'accord sur le fond ! Expliquez-vous donc, je vous en supplie, de manière qu'il ne reste plus d'équivoque. Dieu m'est témoin qu'aucun intérêt personnel ne pourrait me porter à exiger de vous rien qui pût ternir votre gloire. Mais qu'appelez-vous mourir en homme d'honneur ? est-ce d'aller s'égorger avec art et fureur, pour des offenses que l'un n'a point commises, et que l'autre n'a point reçues ? Quel abominable préjugé ! votre vie est-elle à vous pour en disposer ainsi au gré de vos passions, et l'exposer au hasard sans nécessité ? Citoyen de l'état, songez qu'elle appartient à la patrie. Si on vous manque, c'est elle qu'on outrage, puisque vous faites partie des membres qui forment le tout; alors il est de votre devoir de la venger, voilà ce me semble l'unique point de vue qui a fait tolérer les duels. Les choses de conventions peuvent devenir des lois justes. Mais sachez mieux faire l'application de ces lois, et ne confondez pas le faux point d'honneur avec le véritable : le premier se suggère par une basse vengeance qui n'admet plus de bornes, le second trouve sa règle dans le motif qui le détermine, et ce motif doit être la cause générale bien plus que l'intérêt particulier. Monsieur, les erreurs des autres rectifient quelquefois notre jugement. Si le vôtre est en défaut, c'est l'ouvrage des passions. Imposez-leur silence, réfléchissez sur les malheurs innombrables qu'entraînerait une fausse démarche; représentez-vous l'état où elle me réduirait. Touché par toutes ces considérations dictez votre réponse à M. de Crémy, à qui je vais faire la mienne. Adieu, Monsieur; quand vous saurai-je heureux et tranquille? »

RÉPONSE

*De Mademoislle de ***, à M. de Crémy, jointe à la lettre précédente.*

⁕ ⁕ ⁕ ⁕ ⁕ ⁕ ⁕

« Je suis trop vraie, Monsieur, pour vous dire que j'ai cru avoir satisfait à ce qu'exigeait de moi votre première lettre; j'avais même prévu vos nouvelles questions. Mais vous l'avouerai-je? Je n'ose encore y répondre, j'ai besoin de temps pour m'examiner. Vos observations me font sentir la nécessité de multiplier les miennes. Aurez-vous la

patience de soutenir ces ennuyeux
délais pendant lesquels je ne vous
prescrirai surement pas ce que vous
devrez faire. J'admire votre conduite, Monsieur; croyez qu'il ne
dépendra pas de moi de vous en
marquer toute ma reconnaissance;
et que les hommages qu'il vous
plaira venir me présenter ne peuvent plus m'être à charge. Pourquoi
voudriez-vous me priver de l'honneur de vous voir? Si j'ai un jour
celui de vous appartenir, nous nous
en connaîtrons mieux. Si je ne l'ai
pas, la connaissance sera toujours
faite, et je pourrai avoir obtenu une
part dans votre estime. Je ne crois
pas plus que vous, qu'il soit nécessaire d'être amoureux pour se marier, mais au moins faut-il être sûr
qu'on se convient. L'union, la tran-

quillité, le bonheur dépendent des
rapports de caractères ; en les
étudiant d'abord, on pourrait prévenir une infinité de combats
intérieurs. Il serait moins humi-
liant, selon moi, de s'entendre dire
vous conviendrez à d'autres, qu'il
ne doit être affreux de sentir qu'on
ne se convenait pas. Et je ne sais
d'où vient l'on rougirait si fort de
laisser lire dans son ame quelqu'un
qui immanquablement parviendra
à en découvrir les défauts. C'est à
mon gré une des circonstances où
les faiblesses des autres consolent
le plus, car chacun a les siennes,
et l'amour propre trouve partout
des indemnités ; l'intérêt seul craint
le grand jour. On ne consulte que
lui pour former un établissement.
Mais soyez certain qu'il ne domine

point mon ame, et que quelque avantage que vous m'offriez, Monsieur, je ne l'accepterai qu'autant que mon cœur n'aura point à murmurer. Oserai-je vous demander pourquoi, en raisonnant si juste sur la source des préjugés, vous paraissez attaché au plus grand de tous? Il est dangereux d'aimer sa femme, dites-vous; vous fuyez l'amour, vous craignez les passions. Ces phrases, vous en conviendrez, laissent une libre carrière à l'imagination. Le moins qu'elles induisent à penser, c'est qu'en général vous avez assez mauvaise opinion de notre sexe, et cela peut faire naître des craintes sur la manière dont vous vous conduirez avec la femme qui vous tombera en partage. Ne vous y trompez pas, Monsieur, nous sommes vos compagnes, vos amies ou nous devons l'être : pour moi je déclare tout haut que je ne me sens pas plus née pour plier, que pour ramper. En sachant souffrir qu'on me représente mes torts, j'aurai toujours le courage de ne céder qu'à la raison.

» J'ai cru, Monsieur, qu'au hasard des évènemens à venir, il m'était permis, même prescrit de ne vous point cacher ma manière d'envisager ces importans objets. Ce sera à vous de profiter des lumières que ma franchise me porte à vous donner sur mon caractère. Regardez-la, je vous prie, comme l'effet de ma confiance, et me faites l'honneur de me croire votre, etc. »

BILLET

*De d'Olmane en envoyant cher-
cher les lettres précédentes.*

«En attendant votre réponse, Mademoiselle, avec toutes les agitations et les perplexités inséparables
d'un amour malheureux, j'ai écrit
dix lettres à M. de Crémy; mais
quelqu'effort que je me sois fait pour
modérer ce qu'il vous a plu nommer ma pétulante vivacité, je trem-
ble toujours que vous ne soyez mécontente. D'honneur je n'ose pas
vous envoyer une de ces lettres,

j'ose encore moins la faire partir
sans votre approbation. Quel parti
prendre, Mademoiselle? Il n'en est
qu'un seul, soyez sûre qu'il termi-
nera toute dispute : permettez-moi
d'aller trouver M. de Crémy, nous
nous expliquerons ensemble; j'en
brûle d'impatience. Néanmoins fiez-
vous à ma prudence, je vous promets d'user de toute la douceur, de
toute la politesse et de tous les ménagemens possibles; j'aurai sans
cesse l'intérêt de votre réputation
présent à l'esprit, comme votre image l'est à mon cœur. Quel plus puissant motif pour me retenir dans les
bornes que vous désirez !

« Adieu, Mademoiselle; je ne vous
écris que quatre mots, afin que vous
puissiez me répondre ce soir : quel
plaisir j'aurai à baiser ce billet! il me

fera oublier un instant mes malheurs. Hélas! rien n'est indifférent quand on aime; tout flatte, tout agite, on chérit jusqu'à ses peines.

RÉPONSE

AU BILLET DE D'OLMANE.

————

« Que voulez-vous faire ? quel noir projet vous agite ? D'Olmane, de grace, renoncez-y : je me jette à vos genoux, voyez couler mes larmes ; je vous en prie, je vous en supplie, ne me faites pas mourir d'inquiétude ; mon ame y succomberait...... Le tremblement me saisit au point de ne pouvoir vous en dire davantage, mais j'espère que cela suffira pour vous arrêter. On doit craindre d'affliger ce qu'on aime. »

LETTRE

A MADAME DE RENELLE.

« CHÈRE maman, soutenez-moi,
mes forces m'abandonnent. Depuis
hier au soir je suis dans un état affreux, j'ai versé cette nuit des torrens de larmes ; mais quelle faible
ressource ! il faut attendre la fin du
jour pour avoir des nouvelles. D'Olmane voulait partir pour aller s'expliquer avec M. de Crémy : voyez
les lettres et le billet ci-joints. Hélas !
qui sait si le mien l'aura retenu ?
Ces hommes sont d'une fierté si ex-
travagante, qu'ils y sacrifient tout.

En vérité, ma bonne amie, au moindre bruit tout mon corps frissonne,
mon imagination se crée mille mons-
tres, il me semble voir d'Olmane
baigné dans son sang. Quel malheur!
comment y survivrais-je? C'en est fait;
s'il meurt, vous n'avez plus d'enfant.....Grand Dieu, qui connaissez
mon innocence, écoutez mes vœux!
si je ne puis être à lui au moins
qu'il vive, qu'il soit heureux, et que
je le voie....... Que je périsse, même
s'il le faut encore; mais qu'il vive,
et que ma mémoire ne cesse de lui
être chère.... Ma bonne amie, les
larmes, les sanglots me suffoquent,
je vous quitte. Quand recevrai-je
votre lettre? J'ai bien besoin de consolation. Adieu, chère maman,
adieu; c'est peut-être pour la dernière fois.

» *P. S.* Comme je cachetais ce paquet le vôtre arrive ; c'est une ressource dans l'attente. Ciel ! quelle
attente ! il n'est encore que quatre
heures : qu'il y a loin d'ici à cinq ! »

~~~~~~~~~~~~~~~~~~~~~~~~~~~~~~

LETTRE

DE MADAME DE RENELLE.

―――――――――

« Il ne m'a point été possible de vous écrire hier comme je vous l'avais promis, ma chère petite : heureusement rien ne pressait. J'ai relu attentivement tous vos papiers, et je suis on ne peut pas plus contente des procédés de M. de Crémy. Vous voyez qu'il ne faut pas toujours juger les hommes sur les apparences, souvent elles sont trompeuses. L'extérieur n'annonce que l'éducation, les actions prouvent les principes. Cependant examinons encore, em-

ployez avec adresse les moyens que
je vous ai indiqués, et j'espère qu'a-
vant peu vous serez à portée de vous
décider.

» Quoique puisse dire d'Olmane,
gardez-vous bien de lui communi-
quer vos réponses à M. de Crémy.
Autant vous devez de franchise à l'un,
autant il est important de dissimuler
avec l'autre. Son amour n'éteint
point sa vanité ; jugez combien elle
est dangereuse ! D'ailleurs, ma chère
enfant, je ne veux point vous dé-
sespérer, mais interrogez-vous vous-
même, et dites-moi ce que vous attendez de ce sentiment qui trouble
votre bonheur. Il est involontaire,
me répondrez-vous : d'accord ; mais
si vous ne le nourrissiez pas par l'espoir, comptez qu'il s'affaiblirait.
Chère petite, croyez-moi, frappez

le grand coup ; engagez d'Olmane à aller retrouver mademoiselle d'Abcourt. Votre parente et la sienne me disaient hier qu'il ne tenait qu'à lui de l'épouser, qu'elle lui faisait des avances continuelles. Tôt ou tard il y répondra ; épargnez-vous ce chagrin, et ménagez-vous le plaisir de jouir d'une victoire que vous ne devrez qu'à vos propres forces. Il doit être bien satisfaisant d'avoir à s'applaudir d'un pareil triomphe! Je sens qu'il vous coûtera, ma chère enfant, et j'en souffre parce que j'ai pour vous les entrailles d'une mère. Néanmoins il faut racheter votre tranquillité à quelque prix que ce soit ; quand vous n'aurez plus d'espérance qu'éloignée, les occasions prochaines vous détermineront plus facilement. La générosité de M. de

Crémy vous touchera , et peut-être parviendrez-vous à vous attacher sincèrement à lui ; car le mérite n'est pas toujours où nous avons cru le voir, mais souvent où nous avons négligé de le chercher.

» Je vous renvoie la lettre de madame de St.-Sirant, vous ferez bien d'y répondre. J'ai appris qu'elle était liée depuis peu avec la sœur de M. de Crémy , et elle ne vous en dit mot. Cela m'induit à penser qu'elle pourrait bien avoir aussi un peu de part aux propos qu'on prête à d'Olmanè. Deux femmes fausses ensemble sont capables de tout quand elles se concilient. Remarquez avec quelle circonspection elle parle de ce mariage. Autrefois elle vous pressait, aujourd'hui elle serait très-aise que vous ne consultassiez que votre cœur.

L'envie la tyrannise; elle voit qu'une
fortune brillante achèverait de vous
mettre au-dessus d'elle, qu'un homme aimable vous ferait encore valoir
elle sent que vous l'effaceriez, et la
perspective seule de votre bonheur
lui porte ombrage: La jalousie est
fille de l'envie, ma chère petite, et
l'envie fut toujours le vice des petites ames. Rangez votre amie dans
cette classe, vous ne vous tromperez
pas. J'aurais bien parié qu'elle rirait
aux dépens de sa raison, dès que
le danger serait passé. Ses remords
vont à présent faire place à de nouveaux écarts. Quelle pauvre femme
avec toutes ses prétentions ! quand
elle dit : *cela est indigne de femmes
comme nous*; on entend bien qu'elle
veut dire cela est indigne d'une
femme comme moi; car elle croit

valoir plus que toutes les autres ensemble. Je vous le répète, c'est l'excès de son amour propre qui d'a-
bord l'a liée avec vous, en lui persuadant que vous étiez aussi bien
qu'il le fallait pour orner son triomphe, *et elle ose vous vanter la bonté*
de son cœur. Mais je vous suis ga-
rante que toute sa vie elle courra
après les grands sentimens, se pa-
rera de beaux principes, jouera la
prude, affichera le savoir, feindra
la vertu, se croira philosophe; mettez tout cela dans le creuset, il n'en
sortira que de la fausseté, une extrême faiblesse, fort peu de jugement, beaucoup de vanité, de l'esprit sans finesse, et de l'imagination
sans ressource. Voilà de nos femmes
du temps; apprenez à les connaître,
ma chère petite, afin de vous en mé-

fier ; vivez politiquement avec elles ,
et ne vous y livrez jamais. Adieu ,
aimable enfant , je vous embrasse
de toute mon âme ; il me tarde bien
d'apprendre que toutes vos inquiétudes sont dissipées. »

BILLET

DE D'OLMANE A Mlle DE ***.

« Moi, vous affliger! ah que tous
les maux ensemble se réunissent
plutôt sur ma tête. Non, Mademoiselle; je ne partirai point, vos
prières sont des ordres; cependant
à quelle honte m'exposez-vous?
Quel homme faut-il que je ménage
aux dépens de mon honheur et de
mon amour? Mademoiselle, il est
bien dur de sacrifier tant d'intérêts
à la fois. Mais vous parlez. O amour,
tout se tait dans l'univers! je n'en-

tends que la voix de celle que j'a-
dore, et j'obéis. Puisse ma soumis-
sion lui prouver à quel point elle
m'est chère! Depuis ces dernières
circonstances, je n'ose plus me présenter devant vous, je crains que
ma douleur ne me trahisse aux yeux
de vos argus. Néanmoins si je ne
reçois point de vos nouvelles je n'y
tiendrai pas, j'irai en demander;
me le permettez-vous? J'en ai eu
aujourd'hui de Paris: la pauvre
petite d'Abecourt est presque aussi
malheureuse que moi. Hélas! que
n'êtes-vous elle-même, ou que ne
suis-je le fortuné Crémy? Je ne
crois pas qu'aucun amant ait été
mis à une telle épreuve. Si vous dai-
gniez du moins m'initier dans vos
mystères! mais non: ce serait peu
de mépriser le sentiment, on mé-

prise l'amour et l'amant tout ensemble. Dieu! si je pouvais le croire!
Pardonnez, Mademoiselle, des transports dont je ne suis pas le maître.
Les tourmens qu'ils me causent doivent suffire pour les expier. Impi-
toyable amie, si vous êtes d'accord
de vos faits, dites-le moi; accablez-
moi, que ce soit de votre main que
je reçoive le coup de grace. Être
à vous, ou cesser d'être, il ne me
reste plus d'autre alternative. »

« *P. S.* Voici quelle est ma réponse à M. de Crémy, elle part par
un exprès; marquez-moi si vous en
êtes contente. »

LETTRE

DE D'OLMANE A M. DE CRÉMY.

» Je voulais aller vous trouver, Monsieur, parce qu'il me semble que c'est l'unique moyen de nous entendre ; mais une force majeure m'arrête : Mademoiselle de *** s'y oppose. Sans doute qu'elle vous attend ; dans ce cas j'irai vous trouver chez elle, ou vous me ferez l'honneur de me venir voir ici, j'ai celui d'être, etc. »

RÉPONSE.

De Mademoiselle de * **, au billet de d'Olmane.

« Je vous rends mille graces de votre complaisance, Monsieur ; quoique je me fusse flattée que vous auriez égard à mes représentations, j'avais cependant grand besoin de votre billet. Vos quatre lignes à M. de Crémy sont très-bien ; mais si vous aviez pu vous dispenser de me nommer, j'en aurais été plus contente. Je lui manderai de ne plus m'écrire, puisqu'il vous en coûte d'être mon correspondant au-

près de lui. Mon intention ne sera
jamais de faire souffrir personne.
Bon soir, Monsieur; la place où je
vous écris ne me permet pas de
vous en dire davantage; si vous venez et que je sois seule, nous nous
expliquerons. »

LETTRE

A MADAME DE RENELLE.

« Une grande partie de mes craintes sont évanouies, chère maman ; d'Ol-mane s'est rendu à mes instances. Il a écrit quatre lignes à M. de Crémy, qui, j'espère, le satisferont. Mais quels nouveaux tourmens votre lettre cause-t-elle à mon âme ! Quoi ! ma bonne amie, ce n'est pas assez d'envisager que je ne serai jamais à l'homme que j'aime, vous voulez que je le force de me quitter ! Eh ! le pourrai-je, grand dieu ? Chère maman, je le vois, vous ne connaissez

point l'amour : tout est aisé à qui ne
sent rien. Mais prenez mon cœur
pour un moment, laissez-vous ab-
sorber comme je le suis par sa tendre sensibilité, j'en appelerai ensuite à votre bonne foi, et nous
verrons si la barbarie des conseils
que dicte l'indifférence ne révol-
tera point une passion d'autant plus
vive qu'elle est innocente et sans
remords. Il est doux de se devoir
un pareil triomphe, dites - vous :
dites plutôt qu'il est aussi inhu-
main d'en former le projet, qu'impossible de le suivre. On supporte
à peine les maux inévitables, comment se résoudrait-on à devenir
l'instrument de son propre malheur ? Et vous ajoutez impitoya-
blement que tôt ou tard d'Olmane
m'abondonnera. Cruelle amie, que

vous ai-je donc fait pour déchirer
ainsi mon ame ? N'étais-je point
assez à plaindre de dévorer toutes
mes peines, d'ensevelir tous mes
sentimens, de les concentrer au
point de les rendre impénétrables
aux yeux de celui qui les a fait
naître ? Fut-il jamais de supplice
plus grand que d'aimer, et de le
taire ? Non, il n'en est qu'un, et
c'est celui d'aimer quand on n'est
plus aimé. Eh bien ! que d'Olmane
justifie votre prédiction ; qu'il vole
dans les bras de mademoiselle d'A-
becourt. Ciel ! qu'ai-je dit ? Peut-être
son inconstance refermera-t-elle
mes plaies ; quand l'amour devrait
se changer en haine, ce serait toujours un sentiment relatif à d'Olmane. O ma bonne amie ! à quelle
extrémité, à quel désespoir me

réduisez - vous ! je ne me connais
plus moi-même : quel état ! par-
donnerez-vous, chère maman, les
écarts où il m'entraîne ? En vérité
je suis digne de compassion. Plaignez une infortunée qui, malgré
toutes vos cruautés, sent encore
pour vous la plus tendre reconnaissance. »

« *P. S.* Je vais répondre à madame de St.-Sirant, puisque vous
le voulez. Mais comment m'en ti-
rerai-je, accablée comme je le suis
par la douleur ? Ma bonne amie,
pourquoi tous vos conseils me coû-
tent-ils tant à suivre à présent ? Autrefois, je me le rappelle, ils portaient la sérénité dans mon ame.
Quand ces temps heureux revien-
dront-ils ? »

RÉPONSE

De Mademoiselle de ***, à la dernière lettre de madame de Saint-Sirant.

« Je te félicite, ma chère, sur ta brillante santé. Il faut espérer que lors d'une autre couche, il ne te surviendra plus de délire. Tu vois le danger qu'il y a de se montrer différente de soi-même. Les autres s'arrêtent à ce qui leur paraît le mieux, et exigent que nous nous y tenions constamment. Ne sois donc pas surprise qu'on attende de toi beaucoup de religion après les témoignages

3   13

que tu as donné de la tienne. On part de là pour dire : puisqu'elle craint, elle croit; et dès qu'elle croit, sa conduite doit être conforme à sa croyance. De plus, tu n'ôteras jamais de la tête des gens qui t'entourèrent, que les heures qu'un malade passe dans le danger, sont autant de rayons de lumière pour l'ame. Il leur semble qu'alors le voile se déchire, que la vérité se montre à découvert, et qu'il n'y a pas deux manières de la voir, comme si les divers intérêts qui agitent l'esprit faible d'un malade, l'amour de la vie, la crainte de la mort, ce qu'il a peur de quitter, le plus ou le moins de choses qui l'attachent et qu'il regrette avant même de les avoir perdues, n'étaient pas autant d'objets qui distraient l'ame du seul objet

qui devrait l'occuper alors. Laissons
ce texte de morale et parlons de ton
voyage de Paris. Le ton léger dont
tu traites les petites faussetés que
tu médites, me fait peine, ma chère;
ne connais-tu donc que le plaisir de
faire des dupes? Que je te plains en
ce cas! car la droiture, la franchise,
la sincérité ont des charmes bien
supérieurs. Ce n'est pas seulement
l'affaire du moment où l'on s'y livre,
c'est une douceur, une satisfaction,
une sérénité dont l'âme jouit encore
après le souvenir. Si je pouvais
rendre un homme vraiment content
de lui, je lui sauverais pendant tout
le cours de sa vie les occasions de
feindre et de dissimuler, parce que
c'est le sort que j'ambitionnerais
pour moi-même. Il me semble qu'on
ne peut pas être malheureux lorsqu'il

est permis d'être vrai. Tu me diras
que cela nous est presque défendu;
aussi devons-nous nous défier de
l'habitude dangereuse qu'une ressource austère peut nous faire con-
tracter. D'abord on se cache, ensuite
on se contrefait, puis on se fait un
jeu de tromper. On s'amuse d'avoir
à ses ordres le masque de toutes les
vertus; tant qu'il ne tombe pas, on
tient bon, on se pare des attributs
qui servent d'amorces aux hommes;
mais si quelque chose nous décèle,
alors plus de ménagemens, on finit
par être perfide. C'est la dernière
ressource des femmes qui ne peuvent plus en imposer; et voilà où
conduit par degrés une dissimulation
mal-entendue. Gardons-nous de ce
danger, ma chère, car les rieurs ne
seraient pas long-temps de notre

côté, et les maris auraient trop beau jeu. Tu veux savoir, à propos de mari, si j'en prendrai un; cela est vraisemblable. Il ne m'est pas encore possible de t'en dire davantage. M. de Crémy me paraît tel que tu l'as jugé, un très-galant homme. J'ai des raisons particulières pour l'estimer, même pour l'admirer. Ce sont des motifs bien plus persuasifs que le faux éclat des richesses.

» Adieu, ma chère, reçois mille remercîmens du bonheur que tu me souhaite. Si tu vas à Paris, fais-m'en part : je ne blâme point les plaisirs, mais seulement la manière de se les procurer ».

BILLET

DE D'OLMANE A Mlle DE ***.

« Voici, Mademoiselle, les lettres
que m'a rapportées mon messager.
J'étais d'abord décidé de vous les
porter moi-même, puis j'ai pensé
qu'il me serait peut-être difficile de
vous les remettre. D'ailleurs, puisqu'enfin vous avez la bonté de me
promettre une explication, je voudrais que vous pussiez m'indiquer
une heure où je fusse sûr de vous
trouver seule sans qu'il y parût d'af-
fectation. Cette entrevue remettrait
le calme dans mon ame. Vous avez

causé tous mes maux, vous faites toutes mes peines, au moins que la pitié vous parle un instant en faveur du plus malheureux des hommes ».

~~~~~~~~~~~~~~~~~~~~~~~~~~~~~~~~~~~~~~

RÉPONSE

DE MADEMOISELLE DE ***,

« IL n'est guère possible de vous satisfaire cette semaine. On attend du monde ici ; remettez votre visite à lundi. Assez ordinairement ma mère dort sur les deux heures, et M. de Prévalle se promène. Si le hasard répond à vos désirs, vous me trouverez dans le sallon d'été. Hélas! en serez-vous plus heureux ? à quoi peut vous mener cette conversation ? Je l'ignore encore moi-même. Bon soir, Monsieur ».

LETTRE

DE M. DE CRÉMY A M. D'OLMANE.

« Oui, Monsieur, le moyen de s'entendre, c'est de se parler. Je suis fâché que les craintes de Mademoiselle de *** vous aient retenu ; plus fâché encore que vous l'ayez instruite de ce dont il s'agit. Cela va l'inquiéter, nous lui devons tous deux des ménagemens. En allant lui rendre mes devoirs, je passerai chez vous puisque vous le désirez. J'ai l'honneur d'être ».

~~~~~~~~~~~~~~~~~~~~~~~~~~~~~~~~~~~~~~

LETTRE

DE M. DE CRÉMY, A Mlle DE ***.

—————————

« Vous êtes bien la maîtresse, Mademoiselle, de prolonger les délais; je les supporterai sans peine, dès qu'ils peuvent assurer votre bonheur. Tout ce que j'appréhende, c'est que madame la Comtesse ne se formalise de mon peu d'empressement; elle ne peut pas lire dans mon cœur. Cette considération, jointe à la permission que vous me donnez, me détermine à aller vous présenter mes hommages. Je resterai

peu, et je n'arriverai que samedi
au soir, parce que le matin mon
projet est de passer chez le marquis
de d'Olmane. J'ai le plus vif regret
qu'il vous ait communiqué mes lettres : n'allez pas vous en inquiéter,
je vous le demande en grace, Mademoiselle; croyez que je sens trop
les ménagemens qui vous sont dûs
pour m'en écarter. Dans le cas où
votre cœur prononcerait pour le
Marquis, il est certain qu'il y aurait
de l'injustice de ma part à le lui disputer, de même qu'il y en aurait de la
sienne à exiger que j'abandonnasse
l'espoir flatteur de vous obtenir tant
que vous nous tiendrez en suspens.
Vous parlerai-je plus sincèrement
encore, Mademoiselle ? c'est moins
l'appréhension de vous être à charge
qui me fait renoncer au plaisir de

vous voir, que la crainte que vous
ne fissiez mon malheur. Je le répète
sans flatterie, vous êtes faite pour
inspirer le sentiment le plus vif. Je
ne suis cependant point encore amoureux, mais je sens toutes les avenues
de mon ame s'ouvrir malgré moi
aux impressions de l'amour. Si je
dois vous appartenir, c'est un bonheur de plus ; et malgré ce que vous
nommez mon grand préjugé, comptez que j'en sentirai le prix. Si au
contraire il m'est défendu d'aspirer
à vous posséder, mon cœur étant
une fois engagé, je serais plus à
plaindre qu'il n'est possible de l'imaginer, parce qu'avec un extérieur
froid j'ai les passions très-vives. Les
épreuves que j'en ai faites m'ont
appris à redouter leur fougue, et
m'ont conduit insensiblement à

adopter ce fameux préjugé qui blesse
votre délicatesse. Vous ne concevez
pas quel danger on court à aimer sa
femme; il n'y en aurait nul avec
vous, j'en suis convaincu; mais vis-
à-vis de bien d'autres, c'est l'écueil
du sage. Pour une femme honnête
et vertueuse, combien d'étourdies
et d'insensées! disons plus : combien
de femmes vicieuses capables de profiter du faible de leur mari pour l'induire à de fausses démarches, les
obtenir à force d'artifices, et le couvrir de ridicule! Ne croyez pas néanmoins, Mademoiselle, que ces fré-
quens exemples ne fassent confondre toutes les femmes dans le même
rang, ni que j'aie assez mauvais opinion du sexe pour les considérer
comme des esclaves : vous le dites
fort bien, vous êtes nos compagnes;

nos amies, ou vous devez l'être, et voici quelle est ma religion sur ce point.

» L'Être suprême qui nous a créés, semble avoir départi à chaque individu les qualités propres à remplir la tâche pour laquelle il est né. Il n'a point été dit, quant aux maris et femmes, que l'un dépendrait de l'autre exclusivement aux droits de la raison, à qui seule il est permis de gouverner. Je laisse penser à quelques-uns qu'il n'a pas même été dit que l'un serait donné à l'autre par des parens qui n'auraient pour objet que des vues d'ambition ou d'intérêt, qu'on serait en quelque sorte forcé par la suite d'en prévenir l'abus, de se prendre sans se connaître, de se garder sans s'aimer, de ne vivre ensemble que pour se détester et se rendre mutuellement malheureux. Je sais respecter les lois établies, j'en sens toute la nécessité, quand je les envisage sous l'aspect d'une politique bien entendue et nécessaire pour maintenir l'équilibre des états et des sociétés. Je respecte encore plus ces lois, lorsque je les considère sous le joug que la religion prescrit; alors je dis que c'est à la philosophie de céder, de se taire et d'obéir. Cela posé, je crois qu'il suffit d'être engagé, pour qu'une femme raisonnable, abstraction faite de goût, de sentiment, s'applique à plaire à son mari, qu'elle lui doit des égards, de même qu'elle a droit d'en attendre de lui, pour l'intérêt des deux époux. Je ne conseillerai jamais à l'un de ramper devant l'autre. Une ame servile est une ame

méprisable à mes yeux. Le mari dont
la femme n'a nulle espèce de volonté
vis-à-vis de lui peut en inférer, par
une conséquence assez juste, que la
complaisance qu'elle a, dégénérera
en faiblesse vis-à-vis des autres ; il serait étonnant qu'on fût toujours d'accord ; mais la raison doit ramener
à l'être. Qui dit raison dit tout. Le
sens de ce mot s'entend bien mieux
qu'il ne s'explique. Du côté de la
raison se trouve la douceur qui persuade, et non l'autorité qui révolte.
De là naît cette égalité mise dans la
nature par le grand auteur de toutes
choses, qui, pour la parfaite union
du tout, a voulu que l'un eût besoin
de l'autre. Mais permettez-moi de
l'observer en passant, Mademoiselle,
la forme d'éducation que vous recevez en général est la source où se

puisent tous les abus. D'une part elle
nous induit et souvent nous oblige à
nous arroger des droits que fonciè-
rement nous n'avons pas. D'autre
part elle cause toutes vos erreurs,
vos fautes et votre faiblesse. La première leçon qu'on vous donne, et
presque toutes celles qui la suivent,
tendent uniquement à vous inspirer
le désir de plaire. On ne vous dit
pas qu'en voulant y parvenir, il faut
que personne autre ne vous plaise
que celui auquel on vous destine.
Crainte d'irriter la nature, on laisse
échouer votre raison. Tous les talens vous sont dévolus comme de
droit. On remplit votre tête de vide,
de frivolité, de jolis riens; et pour
le cœur il devient ce qu'il peut;
l'ame, cette portion si précieuse de
votre être, n'est pour ainsi dire

qu'un mot auquel on veut bien accorder un certain sens; on vous apprend qu'il faut le savoir placer dans une phrase; et l'on ne vous dit pas qu'en elle réside tout ce qu'il y a de bon, et malheureusement tout ce qu'il y a de vicieux; qu'elle est le mobile de tout, qu'elle doit diriger toutes vos affections, et qu'en pratiquant les vertus vous deviendrez vertueuses, soit par amour du bien, soit par amour propre. Au lieu de tout cela, dis-je, on vous laisse errer au gré de tous les dangers; on attend de vous des effets sans cause; il faut que vos sensations accélèrent vos connaissances, tandis que les connaissances devraient prévenir vos sensations. On suppose qu'une belle femme doit avoir une belle ame, ou plutôt, tant qu'une femme

est belle, bien des gens ne lui de-
manderaient rien de plus. C'est donc
une sorte d'injustice que de se plaindre si hautement des femmes, lorsqu'on ne veut rien faire pour les
rendre meilleures. Mais les hommes
valent-ils mieux ? mon but n'est pas
de l'approfondir, ni de généraliser
si fort mes idées que vous pensiez
qu'il n'y ait point d'exception à faire.

» Pour finir cette lettre déjà trop
longue, et pour vous donner une
solution précise sur votre demande,
je dois vous protester, Mademoiselle, que je n'ai dressé aucun plan
de conduite; les vertus de ma femme
seront ma boussole. Dans la société
intime de deux personnes raison-
nables, il faut que l'une propose, que
l'autre compare, que toutes deux
résolvent, c'est-à-dire, que la raison

rapproche leurs sentimens, même
aux dépens de leurs opinions particulières ; chacun doit faire usage de la
petite portion de supériorité dont
la nature l'a doué. Si elle eût voulu
que l'autorité, ou le despotisme fût
tout d'un côté, pourquoi aurait-elle
partagé ses faveurs ? j'ose me flatter,
Mademoiselle, que ces réflexions
sont dignes de vous. Quelque désir
que j'aie de les voir confirmées par
votre approbation, je ne vous demande point de réponse. Je pars
dans l'instant pour un voyage indis-
pensable ; et avant samedi au soir,
j'aurai sûrement l'honneur de vous
voir, etc.

~~~~~~~~~~~~~~~~~~~~~~~~~~~~~~~~~~~

LETTRE

DE MADAME DE RENELLE.

————————

« Je reçois votre lettre, ma chère petite, elle me touche sensiblement ; mais elle ne me rebute pas encore. L'amour et la vertu combattent dans votre ame, je m'y attendais : vous souffrez, plaignez-vous. Il faut que nos amis malheureux aient ce droit, même aux dépens de l'amitié. La mienne ne s'en offensera jamais, pourvu que cela vous aide à vaincre : oui, ma chère petite, mes conseils sont durs, j'en conviens ; ce reproche m'atteste que vous sen-

tez leurs poids, que vous les ap-
préciez, et qu'ils vous fournissent
matière à réflexion. S'ils ne vous
avaient pas irrité d'abord, j'aurais
dit : tout est perdu, c'est un malade
qui ne sent plus le fer; mais vous
gémissez, et j'espère. Mon enfant,
voudriez-vous perdre le fruit de tant
de combats quand il ne vous en
reste plus qu'un à soutenir pour
triompher? Non, j'attends plus de
courage d'un cœur que j'ai formé
au bien. Je ne crois pas même nécessaire de retracer à vos yeux le
tableau effrayant des maux qui vous
menacent si vous êtes sourde à ma
voix. Je connais trop bien votre
ame : la vertu a des attraits pour
elle qui l'emporteront toujours sur
l'effet de la terreur. Mais le délire
où vous jettent les passions est trop

violent pour durer : ainsi je vous
exhorte à profiter du premier moment de calme qui lui succédera.
Achevez cette grande œuvre dans
la chaleur de l'enthousiasme. De-
fiez-vous, sur toutes choses, de cette
sorte de courage qui a besoin de
délai pour se fortifier. Que la volonté et l'exécution soient l'affaire
d'un seul instant, s'il se peut, et
la victoire est à vous. Je dirais volontiers la victoire est à nous ; car
il me semble que c'est pour mon
propre bonheur que je travaille,
tant vous m'êtes chère. Adieu, aimable enfant, j'attends impatiemment la réponse de M. de Crémy.
Votre lettre doit le faire parler s'il
n'a point d'intérêt de se taire; c'est-
à-dire, s'il pense comme je le crois en
galant homme sur tous les points. »

LETTRE

A MADAME DE RENELLE.

« Vous parlez raison, chère maman, à qui est incapable de l'entendre. De grace, épargnez ma faiblesse; ne me louez pas quand je mérite si peu d'éloges; c'est m'accabler. Vos reproches m'humilieraient moins, mais vous voulez me livrer aux miens, vous prétendez qu'ils seront encore plus durs. Hélas! qu'opéreraient-ils? Vous espérez, parce que je gémis; eh bien! ma bonne amie, cessez d'espérer, car je ne gémis plus. Je suis confondue,

anéantie, mes maux augmentent
tous les jours. Je crois enfin la
mesure comble. M. de Crémy doit
aller trouver d'Olmane samedi matin ; ils m'assurent tous deux d'une
prudence sur laquelle il m'est impossible de compter. Non, je n'y
compte point, je m'attends à tout,
je vois déjà les malheurs à venir
comme présens ; et je vous en parle
sans me plaindre, sans jeter une
larme, à peine m'échappe-t-il un
soupir. Jugez de mon état, chère
maman ; je suis bien mal, puisqu'à
force de sentir je ne sens plus rien.
Mon ame est engourdie par l'excès
de la douleur, mon cœur ne pal-
pite plus, mes yeux s'éteignent et
se refusent au soulagement de mes
peines. Vraie image de la mort,
il ne me reste qu'un souffle de vie,

L'amour et l'amitié me le prêtent
sans doute; mais ce ne sont plus
que des étincelles qui, par leur
propre choc, vont s'entre-détruire.
Adieu, ma bonne amie, adieu. Ci-
jointe est la lettre de M. de Crémy.
Demain je ferai prier d'Olmane de
ne plus m'écrire. »

Je ne dirai rien de l'état affreux
dans lequel j'étais plongée : cette
lettre le peindrait s'il était possible
de le rendre. M. de Niord avait fait
prévenir la Comtesse, qu'incessamment M. de Crémy viendrait la voir,
sa joie semblait insulter ma douleur.
M. de Prévalle ni elle ne voulaient
point s'apercevoir que je souffrais.
J'avais beau être triste ou mécontente, ils me traitaient avec la même
douceur; et sans nulle pitié, ils me
présentaient à chaque quart-d'heure.

du jour mon établissement comme
prêt à être conclu : ils prétendaient
sans doute m'accoutumer à l'idée
que jamais je n'appartiendrais à
d'autre qu'à M. de Crémy. Souvent
cela me révoltait, et je leur répondais
d'un ton chagrin que je n'avais encore rien promis : ils feignaient de
ne pas m'entendre. Pour d'Olmane
il n'en était plus question ; M. de
Prévalle s'attachait à ne plus prononcer son nom. Etait-ce de sa part
délicatesse ou ménagement? Sans
autre examen je crois que c'était
mal l'entendre. Le cœur s'irrite plutôt qu'il ne se guérit par une extrême sévérité. De mon côté je n'a-
vais pas assez de confiance en M. de
Prévalle pour hasarder d'en faire le
dépositaire de mes faiblesses ; il me
paraissait trop sage. Les gens de son

âge sont naturellement gens à préceptes, ils dogmatisent sans cesse,
ils persuadent rarement une jeune
personne sensible, à qui il ne faudrait parler que le langage de la
tendresse. D'ailleurs, quoiqu'en de-
mandant conseil, on semble recon-
naître la supériorité de celui auquel
on s'adresse, intérieurement l'amour
propre cherche l'égalité dans la personne qui est consultée : on veut
pouvoir se dire quelque jour : j'aurai
ma revanche, je conseillerai à mon
tour. Cette observation que je ne fis
pas dans le temps, mais qui est dans
la nature, ferma toujours mon cœur
à M. de Prévalle. Ce jour-là il voulut
m'en faire des reproches, et m'engager à recevoir M. de Crémy d'un
air plus ouvert. Peu disposée à l'entendre, je sortis brusquement sans

lui répondre, et m'en fus rêver aux
malheurs que je n'avais plus la force
de pleurer.

Sur les cinq heures je me rendis
dans l'avenue pour aller au devant
des nouvelles de d'Olmane, ferme-
ment résolue de lui mander de ne
plus m'écrire. Ses lettres étaient un
adoucissement, je l'avoue ; mais je
ne voulais point l'acheter aux dépens de ma propre estime : Madame
de Rénelle m'avait trop appris à en
sentir le prix. Or, dès que rien n'au-
torisait plus ce commerce, je ne
pouvais l'entretenir sans reproche.
J'avançais à pas lents en réfléchis-
sant sur le sacrifice que je méditais,
lorsqu'au lieu de la fille que j'attendais, je vis à une certaine distance
un homme bien mis descendre d'une
assez belle voiture; il semblait se

hâter de me joindre, et ses gens prenaient le chemin du château. Mon imagination me fournissait mille conjectures, et pas une vraisemblance. N'attendant M. de Crémy qu'à la fin de la semaine, je ne pouvais pas me figurer que ce fût lui; à peine voulais-je en croire mes yeux lorsqu'il m'aborda. Quel évènement vous amène deux jours plutôt que vous ne l'aviez mandé, Monsieur, lui demandai-je, avec un trouble et un saisissement extrême? Rassurez-vous, Mademoiselle, me dit-il : c'est un détour dont j'ai cru pouvoir user pour vous épargner des inquiétudes sur mon entrevue avec d'Olmane; je sors de chez lui. Prévoyant le désir que vous auriez d'être instruite, et connaissant sans doute l'impossibilité qu'il a de vous entretenir seule,

c'est lui qui m'a enhardi à venir vous
chercher dans cette allée : mais
calmez-vous donc, Mademoiselle;
d'Olmane se porte aussi bien que
moi, je vous le proteste. Je trem-
blais si fort, que la parole expirait
sur mes lèvres. M. de Crémy parut
touché de mon embarras; il me prit
la main, me la serra en soupirant,
et m'obligea de m'asseoir sur le
premier banc. J'excite votre compassion, Monsieur, lui dis-je, je le
crois et j'en suis reconnaissante.
Croyez, s'il vous plaît, que mes
craintes ne portaient pas uniquement sur les jours de d'Olmane : ne
m'apprendrez vous point comment
votre entrevue avec lui s'est passée?
La bonté de votre cœur, reprit-il,
m'assure que j'avais part à vos
alarmes, Mademoiselle; mais il

n'y avait rien à appréhender de
deux hommes qui vous respec-
tent. D'Olmane vous est tendrement attaché; je lui dois ce témoignage.

Vous voulez donc savoir, Mademoiselle, *les détails de la visite
que je lui ai faite* : d'abord il m'a
reçu avec une politesse aisée, qui
m'a persuadé qu'il désirait réellement de me voir. Je me rends à
votre invitation le plutôt qu'il m'est
possible, Monsieur, lui ai-je dit :
j'aurais cependant souhaité de voir
notre connaissance à d'autres circonstances. Elles sont si heureuses
pour vous, m'a-t-il répondu, qu'il
ne vous siérait pas de vous en plaindre. Mais pour vous expliquer, ai-
je repris, faites-moi l'amitié de me
dire quels sont vos griefs? Je n'en

ai nul contre vous, Monsieur ; j'envie votre bonheur, je maudis le
destin, voilà tout : cela ne vous in-
sulte pas, je pense. Non, Monsieur ;
mais j'étais offensé du peu de justice que vous m'avez rendu en me
soupçonnant coupable d'enlever une
femme à un homme qui aurait son
cœur ; et je n'étais pas moins blessé
du mépris que caractérisaient vos
menaces. Monsieur, a-t-il dit d'un
ton haut, je n'ai point d'injustice à
me reprocher, je ne menace jamais
indirectement ceux que j'estime, et
je ne menacerais d'aucune manière
quelqu'un que je mépriserais ; mais
je ferai toujours raison à ceux qui
se croyent offensés. Marquis, vous
vous emportez ; ce n'est pas surement votre projet. M. de Crémy, je
ne fais plus de projets, je les ai vus

trop de fois s'évanouir. Les malheureux ne peuvent penser qu'à saisir le moment : parlez, est-ce une satisfaction que vous demandez? Je suis tout prêt..... Il se levait, s'agitait, cherchait des yeux son épée. *J'ai tiré la mienne et la lui ai* présentée en disant, ne vous inquiétez point, Monsieur, celle-ci suffira pour nous deux. Mon sang-froid l'a déconcerté. Comment, Monsieur, comment l'entendez-vous? J'entends, Monsieur, qu'il ne vous est pas permis d'affliger une personne à qui j'ai donné ma parole qu'elle n'avait rien à craindre. Votre parole n'est rien, Monsieur. Mais, Monsieur, sûrement vous lui avez donné la vôtre, et ce doit être beaucoup. J'ai promis de la prudence; Monsieur, rien de plus. Et

la mienne ne tient plus au flegme
affecté d'un rival qui, sans doute,
prétend me narguer. Sortons, monsieur, sortons. Très-volontiers,
Monsieur. Il remarqua que je ne
prenais point mon épée. Monsieur,
oubliez-vous où nous allons ? Nous
allons prendre l'air, j'imagine; cela
fera du bien. Trêve de mauvaise
plaisanterie, Monsieur; prenez votre
épée, vous en aurez besoin. Je ne
le présume pas, Monsieur; cependant je la prends et nous sortons.
A peine fûmes-nous à cent pas qu'il
me dit de me mettre en défense.
Nous sommes trop près de chez
vous, lui répondis-je; il ne faut pas
nous exposer à être regardés l'un
ou l'autre comme assassin; avan-
çons. Je le conduisis au bout de
cette avenue; je m'arrêtai pour con-

sidérer le château. N'est-ce pas là,
lui demandai-je, qu'habite cette jeune
et aimable personne que vous voulez
perdre. Point de questions étrangères
au sujet qui nous amène, Monsieur;
défendez - vous, ou je vous désho-
nore : il n'y a point de milieu. Il
détournait sa vue de ce côté-ci; quelques larmes roulaient dans ses yeux;
je me sentis pénétré de compassion.
L'amour prête des excuses aux plus
grands écarts. Néanmoins je feignis
de me mettre en défense pour ne
pas irriter sa fureur. Je parai d'a-
bord quelques coups de la main
gauche. Pourquoi, Monsieur, ne
pas vous servir de la droite, me
demanda-t-il? Parce que je ne le
puis étant habillé. Eh bien, Monsieur, ôtez votre habit. En même
temps il jette son épée et vint pour

m'aider; un peu de sang qu'il aperçut à ma chemise le surprit. Mais
je ne vous ai certainement pas blessé,
que cela signifie-t-il ? Il regarde, il
tâte, et sent une bande autour de
mon bras, je le laisse faire sans lui
répondre. Mais, Monsieur, vous ne
pouvez jamais vous servir de ce
bras ? Alors, pour qu'il ne pût pas
m'insulter réellement par de faux
soupçons, je lui découvris une plaie
moitié refermée. Vous voyez, Monsieur, lui dis-je, qu'on peut refuser
de se battre sans être poltron. Cette
plaie cependant ne serait qu'un faible obstacle vis-à-vis d'un homme
qui m'insulterait, ou qui prétendrait
me faire la loi ; mais vis-à-vis de
vous, qui me semblez ne vouloir ni
l'un ni l'autre, je me contenterai de
compâtir à vos peines, et j'éviterai

d'aigrir celles d'une fille de qualité, qu'un éclat réduirait au désespoir. Croyez - moi, d'Olmane, retournons chez vous avant d'être vus de personne ; il ne faudrait qu'un indiscret pour effrayer Mademoiselle de ***. Votre sang - froid me tue, M. de Crémy, me dit-il ; puis en me tendant la main, il ajouta : mais vos vertus me désarment. Je voudrais vous aimer autant que je vous estime : hélas ! pourquoi me ravissez-vous ce que j'ai de plus cher ? Jamais, non jamais vous ne l'aimerez comme moi, cette fille adorable. En achevant ces mots il fondit en larmes, et se laissa tomber au pied d'une haie qui nous couvrait.

En vérité les transports, les agitations qui accompagnaient sa douleur me déchirèrent l'ame. Je m'assis

près de lui, j'essayai de le calmer
par les protestations les plus sincères, que je ne ferais rien pour que
vous acceptassiez mes offres; qu'au
contraire, si vous lui étiez attachée, je concerterais avec vous les
moyens d'unir son sort au *vôtre*.
Alors il me sauta au col, me tint
long-temps étroitement embrassé,
sans pouvoir proférer une parole,
car il ne sortait d'un état violent que
pour entrer dans un autre plus violent encore; ses forces l'abandon-
nant enfin, il me laissa aller, en me
disant d'une voix presque éteinte :
Oh! M. de Crémy, pensez-vous bien
à ce que vous venez de me promettre? Le plaisir de faire deux heureux, lui répondis-je, me dédoma-
gerait de tout. Si la délicatesse me
permettait de vous offrir ce que

peut-être la vôtre refuserait d'accepter, je vous prouverais qu'il est
encore des hommes pour qui la fortune n'a d'attraits qu'autant qu'elle
procure la satisfaction d'obliger. Arrêtez, M. de Crémy, me dit-il, c'en
est trop vous me confondez ; respectez ma délicatesse, épargnez ma sensibilité, plaignez-moi, aidez-moi si
vous le pouvez, c'est tout ce que je
peux souffrir, et plus cent fois que
je ne devais attendre.... Mon cher de
Crémy, les mouvemens de reconnaissance, d'admiration, d'attachement qui s'élèvent dans mon ame
me suffoquent; que votre cœur serve d'interprète au mien, et recevez-
moi au nombre de vos amis. Il se
précipita encore de nouveau dans
mes bras; nous mêlâmes nos larmes
ensemble; enfin je l'arrachai à ses

violens transports pour le ramener
chez lui, où je l'ai laissé beaucoup
plus tranquille.

Voilà, Mademoiselle, le récit
exact de la scène la plus attendris-
sante qui fût jamais. Que ne vous
dois-je pas, Monsieur, lui dis-je
avec émotion ! rien ne me paraît
difficile lorsqu'on est inspiré par
vous, Mademoiselle. N'allez pas,
ajouta-t-il, m'humilier par des re-
merciemens ; ils ne seraient qu'une
nouvelle preuve du peu de justice
que vous rendriez à mes sentimens.
D'ailleurs le temps presse ; il est
tard. Je ne puis pas me flatter de
vous voir seule demain. Ainsi em-
ployons les instans qui nous restent
à chercher les moyens de combler
vos vœux. Je réfléchis alors que la
durée de ce tête-à-tête pourrait pa-

raître suspecte. J'observai que M. de
Crémy souriait de mon ingénue et
tardive réflexion. J'y ai pourvu, me
répondit-il, en ordonnant à mes
gens de s'arrêter le long du parc aux
endroits où ils ne pourraient pas
être vus, et de n'entrer chez vous
qu'à sept heures précises. D'ici là
occupons-nous de votre bonheur.
Il est plus dépendant de celui de
d'Olmanc que vous ne croyez? j'en
suis sûr. Mais pourquoi ces larmes,
Mademoiselle, poursuivit-il? dou-
riez-vous de ma bonne foi? Non as-
surément, Monsieur. Eh bien! parlez donc sans détour; ne rougissez
point devant un homme qui blâme
bien moins votre sensibilité qu'il ne
la partage. Oui, Mademoiselle, elle
vous rend plus intéressante à mes
yeux, plus estimable et plus chère à

mon cœur. Qui pourrait se persuader qu'une jeune personne de votre
âge réunit autant de vertus. Dites
plutôt de faiblesses, Monsieur. Non,
Mademoiselle, désabusez-vous : l'a-
mour pur et honnête n'est point
une faiblesse, c'est un sentiment
au-dessus de tous les autres, que je
distingue et respecte en homme qui
a senti son invincible pouvoir, et
qui.... Mais de grâce, Mademoiselle,
expliquez-moi quels obstacles s'opposent à l'union que vous désirez ;
il n'est rien que je n'entreprenne
pour les vaincre. Votre générosité
me pénètre, Monsieur ; mais dans
l'état où vous me voyez, que puis-
je vous dire pour exprimer ma reconnaissance ? Mademoiselle, je ne
vous en demande qu'une seule preuve ; c'est de me mettre à portée de

vous servir. Quelle voie faut-il prendre ? Hélas ! Monsieur, il n'en est
point ! D'Olmane ne peut jamais
m'appartenir. Mademoiselle, la
crainte vous exagère peut-être les
difficultés ? Monsieur, elles sont insurmontables : on ne remédie point
à l'infortune. Croyez que j'ai assez
réfléchi ; et j'espère vous en convaincre par les résolutions que je
forme dans ce moment. Une amie
qui veille sur ma conduite, et pour
laquelle je n'ai rien de caché, me
presse d'engager d'Olmane à épouser sans délai mademoiselle d'Abecourt. Cette jeune personne est riche, elle l'aime, il sera heureux avec
elle. Moi, je dois me reprocher de
retarder son bonheur en le laissant
se repaître d'une vaine espérance :
ainsi je me rendrai, quoiqu'il m'en

coûte, aux conseils de mon amie.
J'avoue que je n'ai pu m'y résoudre
d'abord : les tendres protestations
que me renouvellait d'Olmane dans
toutes ses lettres animaient mes sentimens pour lui : le danger auquel
je croyais ses jours exposés augmen-
tait ma sensibilité : permettez que je
vous cèle une partie de mes faiblesses. Votre explication dissipe mes
inquiétudes ; je sens mes forces renaître ; j'entends ce que le devoir
me dicte, je l'exécuterai : et si après
cette petite victoire je puis être digne
de l'homme auquel je me dois réellement.... M. de Crémy, qui jusques-
là m'avait écoutée avec une sorte
d'admiration, m'interrompit en se
jetant à mes genoux. Et non, Mademoiselle, vous ne me devez rien,
me dit-il, que ce ne soit point au

faible mérite de mes procédés que
vous sacrifiez un homme qui vous
est cher. Consultez la raison pour
vous déterminer , puisque les circonstances vous y obligent ; mais par
rapport à moi ne consultez que votre cœur : c'est à son propre mouvement que je veux être redevable
de ma félicité. Si elle vous coûtait
un soupir ou un regret, je ne m'en
consolerais de ma vie. Je le relevai
en l'assurant qu'il pouvait être tranquille et compter sur ma droiture.
Puis , je l'engageai à rester jusqu'au
lundi, jour où j'attendais d'Olmane.
Il me le promit, et nous regagnâmes
le château. L'attention qu'il eut de
changer de côté pour me donner le
bras , me fit hasarder quelques questions sur sa blessure. Je suis déses-
péré de ne pouvoir vous satisfaire ,

Mademoiselle, me répondit-il ; mais l'honneur et la probité m'imposent silence. Il arrive souvent qu'une af--faire particulière n'est point notre propre secret ; celle-ci est de ce nombre : permettez-moi de ne pas vous en dire davantage.

La Comtesse parut enchantée de nous voir entrer ensemble d'un air de bonne intelligence. Elle reçut M. de Crémy à bras ouverts, et courut avertir M. de Prévalle. Le soir elle me demanda ce que M. de Crémy m'avait appris de nouveau, s'il ne venait pas conclure ? Non, lui répondis-je, rien ne me presse encore ; il faut auparavant nous connaître. M. de Prévalle s'étonnait aussi de son silence ; pour moi je les laissai commenter à leur aise, et j'allai m'indemniser des tourmens de la

crainte. En repassant sur ma conversation avec M. de Crémy, j'ap-
préhendais de m'être trop avancée.
Mais sa délicatesse me rassurait :
j'étais sûre qu'en lui faisant un aveu
sincère, il m'aiderait encore si je ne
pouvais vaincre. *Puis cette confiance
qui m'avait encouragée, m'effrayait
un instant après. Je m'en voulais de
ne pouvoir pas mieux répondre à
la générosité d'un homme qui m'ins-
pirait une sorte de vénération. J'a-
vais cru trouver des armes contre
moi en le retenant plusieurs jours.
Je le verrai sans cesse, me disais-je;
la noblesse de ses procédés me par-
lera pour lui; ses vertus me toucheront; sa présence m'aidera à triompher. Mais il semble que plus la victoire nous coûte d'efforts, moins
nous sommes maîtresses des mou-

vemens intérieurs : les combats affai-
blissent l'ame. L'amour se venge toujours sur le cœur des doits qu'on es-
saie de lui enlever. C'est à-peu-près
jouer à qui perd gagne. L'amant mal-
traité devient plus cher ; et il est sans
contredit le moins malheureux.

M. de Crémy, avant de partir le
lundi matin, demanda la permission
d'entrer chez moi. La Comtesse l'y
conduisit, et nous laissa seuls. Au
signe que je lui fis, il comprit qu'on
pouvait nous écouter, et me répondit par un autre signe en me montrant des lettres. Comme j'avais
prévu qu'il ne venait que pour assurer notre correspondance, je lui
donnai l'adresse de madame de Renelle. Cette voie, lui dis-je un peu
bas, sera plus lente ; mais elle est
sûre et ne coûtera rien à personne.

Il m'entendit : une minute après il
me quitta. En l'embrassant, je le
remerciai de nouveau, et lui con-
firmai que je m'expliquerais le même
jour avec d'Olmiane. Celui-ci arriva
exactement à l'heure indiquée. J'é-
tais seule : quel plaisir et quel embarras pour lui et pour moi de nous
trouver tête-à-tête! nous rougîmes
mutuellement sans oser nous parler;
et nous fûmes ce que sont ordinairement les amans malheureux,
d'assez sots personnages. J'entends,
me dit-il, au bout d'un quart-
d'heure, ce que m'annonce votre silence; la générosité de M. de Crémy
à triomphé, je le vois : il ne me reste
plus rien à espérer. Il avait les yeux
baignés de larmes; j'étais moi-même
très - disposée à l'attendrissement.
Qu'on se peigne, si l'on peut, les

divers mouvemens de mon cœur, les agitations de mon ame, les combats d'une raison chancelante sur un sentiment presque affermi par la multiplicité des contradictions.

J'étais plus touchée des pleurs de d'Olmane que pénétrée de mes devoirs. L'on a dit, avec raison, que le souvenir d'un ami suffisait quelquefois pour rappeler à la vertu : la lettre de Madame de Renelle me revint à l'esprit; elle me fit faire un prompt retour sur moi-même; et je m'efforçai d'être digne de tout ce qu'elle pensait d'avantageux sur mon compte, en montrant au moins une fermeté apparente à d'Olmane. Plus je serais désespérée, lui dis-je, que cet évènement prît quelque chose sur votre bonheur, moins je dois vous laisser repaître de chi-

mères. C'en serait une de croire
balancer des motifs d'intérèt par des
raisons de convenance. Nous n'é-
tions pas destinés l'un à l'autre. Et si
vous vous êtes fait illusion là-dessus,
vous savez que quelque flattée que
j'aie pu être de vos vues, jamais je
n'ai contribué à nourrir votre erreur : il est temps enfin qu'elle fasse
place à la vérité : non, Monsieur,
je ne puis être à vous. Quand je ne
serais point encore tout-à-fait vain-
cue, il est à présumer qu'on réussira.
La Comtesse le désire, je dépends
d'elle, vous le savez. Vous savez
mille autres choses sur lesquelles la
prudence m'ordonne de me taire, et
qui toutes ne peuvent que concourir
à me faire céder. J'entrevois avec
peine que l'application de ce mot
vous affecte; mais j'espère, Monsieur,

que vous trouverez en mademoiselle
d'Abecourt tout ce qui peut vous
dédommager et vous rendre heureux. Elle vous offre une fortune
fort au-dessus de celle que j'aurais
pu avoir, que vous faut-il de plus ?
épousez-la, jouissez l'un et l'autre
d'une félicité pour laquelle je forme
les vœux les plus sincères, et dont je
serai volontiers témoin. La pureté
des sentimens qui nous ont liés nous
promet une société charmante, elle
ne souffrira point des engagemens
que nous aurons pris. Après m'avoir
estimée jusqu'à présent, j'ose me
flatter que vous saurez m'estimer
encore, et que nulle sorte d'idées
frivoles ne viendront troubler le repos d'une femme à laquelle vous
vous devez tout entier, ne fût-ce
que par reconnaissance pour toutes

ses démarches. Oh ! c'en est trop, me
dit-il, cruelle, arrêtez : je vous perds,
je n'entends plus rien. Ciel ! fallait-il
soupirer si long-temps après cette
entrevue pour y venir chercher le
désespoir ? Que mon rival ne m'a-t-
il plutôt percé de mille coups, ils
m'eussent parus doux en compa-
raison de ceux dont vous m'accablez.
Grand Dieu ! soutenez-moi ; dans ma
fureur je suis capable de tout. Il
versait des larmes de rage, se pro-
menait à grands pas, se frappait
souvent le front d'une main, ap-
puyait l'autre sur son cœur, et paraissait n'être plus à lui. Je fus le
prendre par le bras et le ramenai
près de moi. De grace calmez-vous,
lui dis-je ; je vous croyais assez mon
ami pour craindre de me compromettre. Hélas ! si je ne le craignais

pas, me contiendrais-je comme je le
fais, reprit-il d'un ton de reproche ?
Puis, baissant un peu la voix : oui,
je vous estime, je vous respecte plus
que femme au monde; mais je vous
adore. Le conseil barbare que vous
me donnez est au-dessus de mes
forces; mon bonheur dépendait de
vous absolument, je n'ai nul droit
de vous reprocher le froid avec lequel vous me le ravissez, ce bonheur. Vous m'obligez à vous admirer, même en me rendant le plus
malheureux des hommes; mais de
grâce ne me parlez plus de félicité;
loin de vous, il n'en est plus pour
moi. Épousez, me dites-vous, mademoiselle d'Abecourt, notre société
ne sera point interrompue : nous
nous verrons, dites-vous ? Et qui
sait si, voyant que vous l'éclipseriez,

elle ne m'obligerait pas de vous fuir ?
qui sait si je serais maître des impressions de mon cœur? Peut-être
éprouverez-vous un jour, Mademoiselle, qu'il n'est pas si facile de
le soumettre aux circonstances. Loin
de moi le parti que vous me pro-
posez : je vous adore et je le déteste.
Vous rejetez ma tendresse ; eh
bien! j'irai vivre dans un coin de
l'univers, malheureux, ignoré; encore si je pouvais y emporter la certitude que vous prendrez quelque
intérêt à mon sort !.... Ses sanglots
l'interrompirent. Je l'avais empêché
de se jeter à mes genoux en lui re-
présentant qu'on pouvait l'y sur-
prendre. Mais peu faite à ces sortes
de transports, je ne savais comment
les calmer. Le ton de l'amitié tient
de si près à la tendresse ! madame

de Renelle me l'avait défendu. La
fierté pouvait l'aigrir ; et la pitié s'y
opposait. J'usai de fermeté pour le
ramener.

En désirant que je prenne intérêt à votre sort, lui dis-je, vous
m'en ôtez le pouvoir. Rappelez-
vous quelle a été ma conduite envers vous, et voyez si je puis, ni
dois souffrir que vous me parliez
dans ces termes d'un attachement
auquel je suis moins que jamais
dans le cas de répondre. Mais, Mademoiselle.... Non, Monsieur, toute
espèce d'amour suppose l'espérance ;
et l'espérance d'un amant blesse la
délicatesse d'une fille vertueuse.
D'ailleurs avez-vous pu vous dissimuler que la différence de fortune
change aujourd'hui tout ce qui semblait autrefois concourir à nous rap-

procher? Le cœur disserte mal sur
ces matières, Mademoiselle. Cela
peut être, Monsieur; mais croyez-
moi : des nœuds mal tissus se
détruisent par des liens mieux
formés. Songez sérieusement à
votre établissement; faites le bonheur d'une fille qui vous aime.
Je resterai dans ce pays-ci; par-
tez, ramenez - moi une voisine
aimable. Je ne redoute ni sa haine
ni sa jalousie. Empressée à la faire
valoir, je saurai prévenir ses injus-
tices. D'ailleurs il serait bien difficile qu'elle se méprît au ton qui règne entre nous. Rien n'y annonce ni
n'y annoncera des liaisons inquié-
tantes pour elle, je ne négligerai
rien pour le lui prouver. Que je
serais comblée de vous voir heureux
dans les bras d'une autre ! grand

dieu ! oui dans les bras d'une autre.
Si j'avais quelque pouvoir sur vous ;
je dirais que je l'exige. Et j'ajoute
que ce n'est qu'à ce prix que vous
devez compter sur la continuation de
mon estime et de mon amitié, parce
que l'une tient à l'autre, et que les
hommes ne sont véritablement esti-
mables qu'autant qu'ils savent se
rendre à ce qu'ils doivent.

Je ne pensais pas à beaucoup près
tout ce que je m'efforçais de lui
persuader : mais hélas ! tel est notre
sort. On nous oblige de cacher ce
que nous sentons ; et l'on nous accuse ensuite de détours, d'artifices,
de dissimulation. Tout dépend de
l'idée que les hommes attachent
à ces mots ; qu'ils sachent être une
fois d'accord avec eux-mêmes, ils
y appliqueront divers sens suivant

les cas particuliers. Alors la dissimulation ne sera souvent qu'acte
de prudence. Quelles sont dans le
monde les femmes dont la vertu
est plus exposée ? Ce sont sans
contredit les femmes naïves et fran-
ches. Osent-elles penser tout haut,
osent-elles se montrer ce qu'elles
sont, laissent-elles pénétrer dans
les replis de leurs ames quelque
homme que ce soit? ou il en a abusé, ou il en profite; toujours elles
sont dupes : trop heureuses encore
si elles ne le sont que de leur cœur.
Qu'on nie ce fait et que l'on con-
damne l'attention continuelle que
j'apportais à me rendre impéné-
trable, je réclamerai à mon tour
cette bonne foi dont les hommes
font parade à nos dépens.

Je reviens à d'Olmane; il m'avait

fallu prendre prodigieusement sur
moi pour soutenir ma fermeté avec
lui pendant plus d'une demi-heure
que dura l'entretien. Aussi dès que
quelqu'un fût venu l'interrompre,
je sortis accablée de douleur. O raison ! ô *philosophie* ! que votre ap-
pui est incertain, m'écriai-je, dans
l'amertume de mon ame ! je me
croyais, il n'y a qu'un instant, vic-
torieuse, et me voici plus faible que
jamais.

Tel fut l'état de perplexité auquel je m'abandonnai toute entière
pendant plusieurs jours. Des lettres
de madame de Renelle et de madame
de St.-Siran vinrent m'y arracher;
à peine pensais-je que je devais à
la première un détail exact de tout
ce qui s'était passé, tant j'étais ab-
sorbée.

~~~~~~~~~~~~~~~~~~~~~~~~~~~~~~~~~

LETTRE

DE MADAME DE RENELLE,

◆—◆—◆—◆—◆—◆—◆

« Votre état m'inspire une compassion si grande, ma chère petite, que j'ai mieux aimé différer ma réponse que d'ajouter encore à vos maux par mes conseils. Je sais qu'il faut savoir proportionner le remède aux forces du malade. Laissons donc passer cette crise. Rebuter votre raison, ce serait courir risque de réfroidir votre courage, sur lequel je me suis fondée malgré tout ce que vous pouvez dire : allez, ma

chère enfant , je connais mieux que
vous les ressources que l'on trouve
dans une ame aussi pure que la
vôtre ; mais pourquoi, depuis huit
jours , n'ai-je point eu de vos nouvelles ? J'attendais un exprès dès
le lendemain de l'entrevue tant re-
doutée , et peut-être si nécessaire
pour votre repos ; car je me persuade, d'après la dernière lettre de
M. de Crémy, qu'il se conduira de
manière que, s'il est des hommes
plus aimable que lui, il n'en peut
pas être de meilleurs , de plus ver-
tueux et de plus dignes de vous.
Moi qui m'en rapporte difficilement
aux paroles , je vous avoue que cette
lettre m'a séduite par le naturel de
son style , par la vérité des tableaux
qu'elle présente , par l'impartialité
qui y règne , par l'étendue des choses

qu'elle embrasse. Je n'aurais cru capable d'une telle franchise qu'un homme, hélas ! qui n'existe plus. Ma chère enfant, quiconque voit bien, compare avec justesse, juge avec indulgence, fait son bonheur, *et assure celui des autres.* Quel plaisir j'aurais de vous savoir heureuse ! mais ce n'est pas le moment d'en parler. Adieu, ma chère enfant ; adieu, ma chère petite ; lorsque je vins m'ensevelir ici, je n'imaginais pas que jamais personne pût me devenir aussi chère que vous l'êtes. Vous voyez qu'il ne faut jurer de rien. »

LETTRE

DE MADAME DE SAINT - SIRANT.

« C'est d'un séjour enchanté, ma chère, que je t'écris : je voudrais bien que tu pusses y venir passer quelques mois. L'air y est tout différent de celui de nos provinces. Et le ton, ma chère, ce n'est qu'ici qu'on connaît ce que c'est que le bon ton. Il ne s'explique pas ; mais on le voit, on le sent, on le trouve partout, et on le prend sans effort quand on est né avec des dispositions aussi heureuses que les nôtres. Néanmoins

18

j'avoue qu'avec de l'esprit naturel et
de l'amabilité , il nous reste beaucoup de choses à acquérir. Le grand
art est de parler de tout avec élégan-
ce , netteté et précision. Il semble
que ce pays soit le centre des grâces,
des talens, de la politesse. Les hommes
attentifs , empressés , préviennent
jusqu'aux moindres désirs ; rien ne
leur échappe. Si les provinciaux voulaient les imiter , ils seraient peut-
être insupportables , ou nous paraî-
traient de ridicules petits-maîtres.
Mais toi, ma chère, sais-tu qu'on
pourrait te prendre ici pour une
bonne femme avec cette bonne foi,
cette franchise , cette droiture que
tu mets sans cesse en avant ? Je gage
que tous ces mots (car ce ne sont
que des mots) discorderaient à l'o-
reille autant que de l'hébreu. On ne

veut à Paris qu'un air honnête, qu'un
maintien honnête et rien de plus.
Vas, crois-moi, laisse-là toutes tes
misères de province. A la fin ta madame de Renelle te tournera la tête;
une bonne comédie en apprend plus
que toutes ses leçons ensemble. En
vérité les spectacles sont divins : l'O-
péra m'aurait suprise, si le chevalier
de Norfalque ne m'avait sauvé de ce
petit ridicule, en me prévenant sur
l'étonnante diversité des décorations.
L'extrême facilité avec laquelle il
s'énonce, et celle avec laquelle je
conçois, m'ont heureusement peint
ce tableau mouvant d'après les objets mêmes; car ma vanité eût été
humiliée de mon ignorance, au milieu de tant de gens qui n'ignorent
de rien. Ce n'est pas un petit avantage que d'avoir quelqu'un qui vous

mette au fait du courant. Il faut convenir que le Chevalier est le premier homme du monde à cet égard. Son frère vient aussi me voir assez souvent, quoique très-occupé de son départ pour son régiment. Tous les officiers ont reçu ordre de rejoindre; il nous quitte bientôt, mais le Chevaler me reste. Et de M. de Crémy qu'en fais-tu? J'en suis bien curieuse. Adieu, ma chère, si je puis t'être utile dans ce pays, tu n'as qu'à parler : surtout donne-moi de tes nouvelles incessamment. »

LETTRE

A MADAME DE RENELLE.

« Votre lettre semble me tirer d'une profonde léthargie, chère maman. En réveillant mes esprits, elle les rend à toute leur sensibilité, et la douleur reprend ses droits. J'aurais dû vous écrire plutôt, j'en conviens ; j'avais même préparé avec le plus d'ordre qu'il m'a été possible le récit des entrevues de d'Olmane et de M. de Crémy pour vous l'envoyer. Pardonnez-moi de ne l'avoir pas fait : en vérité ma tête n'y est

plus. Ma bonne amie, comment se
peut-il qu'on soit si mécontente de
soi-même après avoir rempli ses devoirs ? Il faut bien que vous m'ayez
trompée. Tout est perdu pour moi,
jamais je n'ai été si malheureuse.
Hélas ! pourquoi vous ai-je cru aveuglément ? que ne m'en rapportais-je
aux mouvemens de mon cœur ? Au
moment où je montrais le plus de
fermeté à l'infortuné d'Olmanc, mon
ame se soulevait pour me reprocher
cette inhumanité ; aujourd'hui j'en
ai honte. Je rougis d'avoir été assez
barbare pour l'accabler, pour le ré-
duire au désespoir. Et par quel motif ? dans la vue de racheter ma
tranquillité. Est-il donc permis d'é-
tablir son bonheur sur le malheur
d'autrui ? Quel outrage vous m'avez
fait commettre ! qu'il blesse ma dé-

licatesse! moi qui croyais avoir l'ame la plus généreuse, la plus droite, j'ai pu agir contre ma pensée! je me le reprocherai toute ma vie. Vous vouliez mon bien, j'en suis convaincue, chère maman; mais trop de tendresse vous a égarée. Dès que l'amour est un sentiment honnête, il ne doit rien prescrire qui ne le soit aussi, vous me l'avez dit plus d'une fois : je ne devais donc pas m'écarter des vertus qu'il inspire; et la générosité est la première de toutes. J'en suis bien punie: oui, chère maman, je le suis par mon repentir et par la perte de ma propre estime. Vous avez raison de ne me plus parler de félicité. Plus j'admire M. de Crémy, moins je me trouve digne de lui. Adieu, ma bonne amie, adieu; lisez si vous pouvez : ma triste situa-

tion doit me servir d'excuse auprès
de vous.

» *P. S.* J'oubliais de vous prévenir
que j'ai donné votre adresse à M. de
Crémy, afin que ses lettres ne passas-
sent plus par les mains de d'Olmane.
Je ne sais ce qu'est devenu *celui-ci.*
Ses justes plaintes ne peuvent plus
arriver jusqu'à moi. Encore s'il nous
était permis de confondre nos larmes ! Cruelle bienséance, tu veux en
vain l'emporter sur la nature ! »

~~~~~~~~~~~~~~~~~~~~~~~~~~~~~~~

RÉPONSE

A MADAME DE SAINT - SIRANT.

―――――――――

« Tu veux absolument de mes nouvelles, ma chère ; mais elles sont si
mauvaises qu'à peine ai-je la force de
t'en donner. J'éprouve un mal-être
général ; j'espère pourtant qu'il n'aura point de suites fâcheuses ; au reste
je ne l'appréhende guère. Si les douleurs me sont à charge, la mort ne
m'effraie pas ; mais je ne hasarderai
point de réflexions sur ce sujet, elles
seraient aussi peu analogues à ton
caractère qu'aux circonstances. Pro-

3   19

fite des plaisirs, des honneurs, en femme honnête, rien de mieux. Garde-toi seulement, ma chère, je t'en prie, des ridicules qui suivent de près l'imagination. Egale tes originaux ou reste ce que tu es. Je ne connais rien d'aussi insupportable qu'une copie servile en quelque genre que ce soit. J'ai ri de ton épithète d'*honnête*, pour caractériser indistinctement et les gens et les choses. La langue serait-elle plus pauvre à Paris qu'en province ? ou la vertu y serait-elle si étrangère qu'elle n'y eût plus de nom ? Tu dis que tout y est du plus *honnête*; en vérité tu as trop d'esprit pour le croire. Partout il faut des ombres au tableau; et dans une aussi grande ville, il est à présumer que la corruption des mœurs est plus universelle qu'ailleurs. La contagion

gagne toujours à proportion de l'espace qu'elle infecte : cependant je ne
doute point qu'il n'y ait beaucoup à
acquérir pour nous. L'usage, le bon
ton, ne seraient pas ce que j'étudie-
rais le plus, si j'allais à Paris. J'imagine qu'il s'apprend sans y songer ;
mais il doit y avoir une infinité de
choses curieuses, intéressantes et
utiles à connaître dans un pays où
les chefs-d'œuvre de tous les diffé-
rens arts se trouvent recueillis avec
soin. J'espère que tu parcourras les
églises, les jardins, les cabinets, les
maisons, etc., et que tu m'entretien-
dras de toutes ces merveilles tant
vantées jusqu'à présent. Quant aux
spectacles l'esquisse que tu m'en fais
ne me tente point. Je te vois d'ici
entourée d'agréables du bel air, je
crois qu'ils savent très-bien parler

leur langage ; mais je doute qu'avec eux on apprenne à penser. Adieu, ma chère, amuse-toi, et n'oublie point ton amie. Je n'ai rien de nouveau à t'apprendre. »

LETTRE

DE MADAME DE RENELLE.

« Vous abusez un peu, ma chère
enfant, de la permission qu'ont nos
amis malheureux de se plaindre. Insulter à mes sentimens, dégrader
votre ame et votre cœur tout à la
fois, cela passe la plainte. C'est de
ces reproches honteux dont il faut
rougir, et non pas d'avoir satisfait
à ce qu'exigeait de vous l'honneur et
la vertu. Où les passions vous au-
raient-elles conduites, si vous fussiez
restée livrée à vous-même ? Puisqu'une amie tendre, solide, com-
patissante, ne peut malgré tous ses

soins appaiser leur violence, je n'ose pas y penser.

» Voici, ma chère petite, le premier mécontentement réel que vous me donnez; mais je ne vous cache pas qu'il m'est sensible. Quoi! vous pouvez me croire capable de vous égarer! je vous ai abusé, ajoutez-vous. Quel outrage pour l'amitié! rentrez en vous-même, il est temps encore; mais songez qu'il n'y a pas un instant à perdre. On excuse un faux pas plus aisément qu'on ne pardonne le repentir de l'avoir évité.

» Où avez-vous pris que la générosité fût le premier des devoirs pour qui aime? On voit bien, ma chère enfant, que votre tête n'y est plus. Sachez que le premier devoir d'une fille bien élevée est de fuir l'amour, le second de le combattre,

et le troisième de le vaincre. Ce
sentiment, comme tous les autres,
trouve ses règles dans la vertu;
l'excès d'une fausse délicatesse les
rend toujours vicieux. Votre cœur
a pu souffrir en achevant de sacrifier
un reste d'espoir; d'Olmane a dû
partager ce moment douloureux;
tout cela est dans la nature, et je
m'y attendais. Mais n'en concluez
point que les motifs par lesquels
vous agissiez fussent blâmables.
Travailler à votre bonheur c'est accélérer celui de d'Olmane, dès que
vous ne pouvez jamais lui appartenir. J'espère qu'un retour de raison vous fera sentir vos torts, ma
chère enfant; qu'en les avouant vous
les réparerez. A ce prix, vous pouvez compter sur mon indulgence
comme sur ma tendresse.

» *P. S.* J'ai lu la petite relation des deux entrevues. Elle augmente mon estime pour M. de Crémy, dont il vient de m'arriver une lettre; je l'ai ouverte croyant que c'était votre intention. Vous verrez que sa droiture *et sa candeur ne se démentent point.* Répondez-y, ma chère petite, ainsi que vous le devez. Là-dessus je n'ai rien à vous prescrire ».

LETTRE

DE M. DE CRÉMY.

« Les trois jours que j'ai passés près de vous, Mademoiselle, les marques de bonté dont vous avez bien voulu m'honorer, jointes aux résolutions dont vous m'avez fait part , pourraient aux yeux de bien des gens m'affranchir des paroles que j'ai données à M. de d'Olmane, ou du moins réfroidir mon zèle pour ses intérêts ; mais mon cœur ne connaît d'autre loi que celle de la probité.

» J'ai promis ; il faut tenir ; j'ose

même croire que je me féliciterais
de pouvoir réussir. Depuis mon
retour ici, sans cesse occupé d'en
chercher les moyens, j'ouvoue qu'il
ne s'en présente à mon imagination
que de très-faibles ; cependant per-
mettez-moi de hasarder celui qui
me paraît le meilleur : lié autrefois
particulièrement avec une femme
qui est aujourd'hui intime amie de
Mlle ***, tante de d'Olmane, je puis la
revoir et l'engager à obtenir de cette
femme riche, qu'elle sacrifie quelque chose au bonheur de son ne-
veu, en faveur d'une alliance qui
doit le flatter. Vous pensez bien Mademoiselle, que j'agirai comme ami
de d'Olmane, et que je me garderai
très-fort de vous supposer d'intelligence avec nous. Ainsi répondez-
moi sans crainte de vous compro-

mettre le moins du monde; après cette tentative vous saurez positivement ce qu'il vous restera l'un et l'autre à espérer. Moi j'aurai, de manière ou d'autre, rempli mes engagemens; comptez que ce sera une *grande satisfaction pour tous deux*, et ne doutez point que la mienne ne soit complète si vos désirs peuvent être comblés; personne, je vous jure, n'y prend un intérêt plus vif, et n'est avec autant de respect, Mademoiselle, etc. »

RÉPONSE

A M. DE CRÉMY.

« Vous êtes trop bon et trop généreux, Monsieur, de vouloir travailler
à vaincre des obstacles insurmontables ; l'intérêt que vous m'y prêtez
augmente ma reconnaissance ; ce
procédé est fait pour me pénétrer
d'une nouvelle admiration ; mais
n'allez pas plus loin, je vous le
demande en grace : j'ai vu d'Olmane, je lui ai parlé comme je le
devais, j'espère l'avoir convaincu ; au
moins, le suis-je au point qu'il ne
me reste plus nul espoir, je vous

le proteste ; mon unique désir à présent est qu'il parte le plus tôt possible pour conclure son mariage avec mademoiselle d'Abecourt ; vous pouvez, Monsieur, m'en croire sur ma parole, et vous regarder comme *dégagé de celles que vous avez données* ; c'est assez d'avoir eu la volonté de les tenir. »

LETTRE

A MADAME DE RENELLE.

« Je tombe à vos genoux, chère maman ; que mes regrets et mes larmes obtiennent grace devant vous. Oui, j'ai abusé de vos bontés, je le confesse ; mais hélas ! était-ce moi qui parlais ? Non c'était une passion irritée , dont les violens transports avaient égaré ma raison, avaient presque détruit mes principes, et transformé tous mes sentimens en une sorte de fureur. Ah ! si vous m'eussiez vue dans ce cruel état, ma bonne amie, je vous aurais fait

compassion ! L'amour au désespoir
ne se peint point ; mais l'amitié re-
pentante mérite de l'indulgence. Si
j'étais près de vous , j'espère que je
vous le prouverais. Vous me ten-
driez les bras d'une mère ; je vous
serrerais étroitement dans les miens;
vous verriez mes pleurs ; mes soupirs vous parleraient pour moi , et
mes fautes passées me procureraient
peut-être de nouvelles marques de
tendresse ; car vous êtes essentiel-
lement bonne. De grace , chère maman , croyez que votre enfant n'est
point encore indigne de vous. Que
faut-il faire pour vous en convaincre? Parlez , et je vous jure que
vous serez obéie.

» Vous cacheterez , s'il vous plaît ,
ma réponse à M. de Crémy. »

Les reproches de madame de Re-

nelle m'avaient pénétrée jusqu'au
fond de l'ame ; ils m'ouvrirent les
yeux sur les faux principes que je
m'étais formés dans le délire d'une
passion expirante ; mais l'avouerai-
je ? l'erreur m'était trop chère pour
la perdre *sans regret*. J'avais goûté
jusques-là un charme secret à nourrir ma douleur, je saisissais même
avidement tout ce qui pouvait l'ac-
croître. Quel est l'amant malheureux qui ne s'accuse pas volontiers
quand il croit s'autoriser à aimer
davantage ? Plus d'Olmane me paraissait à plaindre, plus je m'en oc-
cupais ; j'eus beau rentrer en moi-
même, une lueur de raison ne m'y
découvrait que de nouvelles faiblesses ; le devoir ne se tait que
trop quand l'amour parle ; j'étais
surtout dévorée d'inquiétude sur la

retraite de d'Olmane : il ne me
donnait pas signe de vie. Je m'é-
criais vingt fois le jour : où est-il ?
que fait-il ? Souvent élevant mes
mains au ciel , grand dieu! disais-
je, conservez ses jours, prêtez-lui
des forces que vous me refusez et
que sans doute je ne mérite pas :
puis je retombais dans l'abattement.
Épuisée enfin par les pleurs et les
gémissemens , je sentis le besoin
d'adoucir mes maux. Il me semblait qu'en accordant quelque chose
à mon cœur, je devais le maîtriser
ensuite plus aisément : ce remède
que je ne donne pas pour sûr me
réussit au-delà de mon attente. Un
jour que M. de Prévalle était allé
faire un voyage dont j'ignorais l'objet, j'imaginai d'entraîner la Comtesse à la promenade vers les lieux

20

que je savais être agréables à d'Olmane : nous l'y trouvâmes en effet ;
et si nous ne pûmes nous expliquer,
nous sûmes assez nous entendre
pour assigner une entrevue au lendemain ; il me parut infiniment
plus raisonnable que je ne me le
figurais. J'ai pesé, me dit-il, tous
vos conseils, je les trouve dignes
de vous, je sens qu'à votre place
j'agirais de même ; mais mettez-
vous à la mienne, et dites-moi sincèrement ce que vous feriez : mon
sort me paraîtrait moins dur en me
persuadant que je vous imiterais.
Je ne tiens qu'à une seule chose,
c'est que vous me permettrez de va-
rier suivant les circonstances : s'il
arrivait que M. de Crémy ne vous
obtînt pas, je ne me tiendrai engagé
à rien. Moi, repris-je, qui vois clair

dans l'avenir, je ne vous permets aucune restriction ; ainsi sous nul égard pour ce qui arrivera, je persiste à vous presser de partir....: Mademoiselle, le feriez-vous à ma place? J'hésitai... Vous voyez, lui répondis - je, que je vous prêche d'exemple. Ah! Mademoiselle, quels détours ! croyez-vous donc que je m'aveugle au point d'en être séduit? Tout ce que je puis vous dire, c'est que dans la position où vous êtes, je suivrais le parti que je vous indique. A quoi bon perdre un bien-être réel pour une pure fiction? On se dégoûte bien vîte d'afficher les beaux sentimens, lorsqu'ils ne mènent à rien : dans la chaleur de l'enthousiasme on les embrasse; mais le temps amène la réflexion et la réflexion détruit le prestige. Mais par-

lons de ce qui vous intéresse plus particulièrement. Avez-vous des nouvelles de mademoiselle d'Abecourt? Oui,
Mademoiselle , j'en ai exactement
deux fois par semaine ; elle me presse
de conclure et m'attend ; je doute,
malgré toute sa tendresse ; qu'elle
me rende heureux. Et pourquoi,
dès qu'elle vous aime ? Et pourquoi,
Mademoiselle? Trouvez bon que je
me taise aussi obstinément sur le
compte de mademoiselle d'Abecourt, que vous le faites sur la dernière visite de M. de Crémy. Qu'ap-
pelez - vous sa dernière visite ? Je
ne l'ai pas vu depuis vous. Quoi!
Mademoiselle, vous ignorez qu'il
voulait essayer de toucher ma tante
en ma faveur. Non, Monsieur, je
ne l'ignorais pas , il me l'a mandé.
Pardonnez, Mademoiselle , j'imagi-

nais qu'en sortant de chez moi, il
avait pu passer ici. Il a d'autant plus
de mérite à toutes ces démarches,
que je parierais qu'il vous aime. Cet
homme est unique. Il faut qu'il ait
un empire prodigieux sur toutes
ses passions. Je ne doute point qu'a-
vec autant de vertu, il ne réussisse
à vous rendre heureuse. Cependant
permettez-moi une question dictée
par l'intérêt le plus tendre. Tout
estimable qu'est Crémy, il paraît
ne pas vous plaire ; que doit-il es-
espérer ? Qu'attendez - vous pour
vous - même de cet établissement,
en supposant qu'il ait lieu ? Je ne
sais, lui répondis-je : je vis au jour
la journée, et je me garde de prévoir les malheurs qui peuvent me
menacer. Ma philosophie se borne
à tirer le meilleur parti possible du

présent. Mais, Mademoiselle, n'est-
ce pas trop présumer de cette philosophie, que de croire que rien
ne puisse vous ébranler, même
les évènemens imprévus ? ils sont
toujours si dangereux ! Ils le sont,
repris-je, du plus au moins, suivant la fermeté d'ame ; soyez tranquille sur mon sort. Je vous recommande de ne vous occuper que du
vôtre ; maître de vos actions, n'en
abandonnez pas la conduite au hasard. Il est des principes pour tous
les états : la règle la plus sûre est
de ne s'en point écarter.

Nous en étions là, lorsque M. de
Prévalle arriva de son mystérieux
voyage. La Comtesse, suivie de madame Dubois, vint au-devant de lui ;
elle paraissait empressée de lui parler en particulier ; les spectateurs

comprirent qu'ils étaient de trop.
D'Olmane prit congé de moi. Je voulais me retirer, mais M. de Prévalle
me retint.

Ce que j'ai à vous apprendre, dit-il à la Comtesse, la regarde personnellement, il est trop juste de lui en
faire part. M. et madame de Saint-
Albin ne m'avaient mandé que pour
vous proposer un nouveau parti,
un homme de qualité, jeune et aimable, qui a une fortune honnête,
jointe à de grandes espérances ; mais
ils ne veulent pas le nommer avant
de savoir si M. de Crémy est remercié. Quoique ce mystère ne me donne
pas grande idée de la proposition,
j'ai feint de goûter leurs raisons parce
qu'il m'a paru que c'était un moyen
de faire expliquer M. de Crémy et
d'abréger ses incertitudes ; à votre

place je profiterais des circonstances
pour terminer de manière ou d'autre.
La Comtesse goûta beaucoup ce conseil. Elle me regardait tendrement :
-Eh bien ! n'approuves-tu pas cet
expédient, me demanda-t-elle? M. de
Crémy est un si galant homme ; pour-
rais-tu craindre d'être malheureuse
avec lui ? Non, ma mère, je lui rends
justice; je crois qu'il pense très-bien.
-Prenant apparemment ma réponse
pour un consentement, elle sauta à
mon col, et me combla de caresses.

Madame Dubois, qui je crois ne
s'était pas beaucoup éloignée, rentra
dans ce moment. Je remarquai qu'elle
examinait nos physionomies ; on se
tut devant elle. La Comtesse sortit
avec M. de Prévalle un instant après,
et nous dit d'aller prendre l'air. Madame Dubois parut enchantée de se

trouver seule avec moi ; ses compli-
mens ne finissaient point ; je devinai
qu'elle espérait en me flattant m'exciter à la confiance : d'abord elle me
fit remarquer de loin d'Olmane qui
était à la chasse dans le parc, et elle
me parla long-temps de lui. Puis
elle hasarda de me demander comment je pourrais lui préférer M. de
Crémy ? Quand j'épouserais M. de
Crémy, lui répondis-je, ce ne serait
point une préférence, puisque d'Olmane ne s'est point présenté. Cette
réponse la surprit, et après réplique
sur réplique, elle me dit qu'il avait
cependant effrayé bien des gens qui
pensaient à moi, et qu'elle connais-
sait quelqu'un qui n'hésitait à se nommer, que parce qu'il était convaincu
que j'aimais d'Olmane. Je la ques-
tionnai à mon tour, mais inutilé-

_ment. Tout ce que je pus en tirer sous le secret, c'est qu'elle était au fait des propositions dont M. de St.-Albin venait de charger M. de Prévalle. Comme je prévois, ajouta-t-elle, qu'elles n'auront point d'heureux succès, il faut laisser à ce pauvre Monsieur la liberté du mystère.

Le soir, rendue à moi-même, je repassai bien moins sur les évènemens de la journée, que sur ma conversation avec d'Olmane. Il me semblait s'être déterminé assez vîte pour devoir me dispenser de le plaindre. Cette observation un peu mortifiante, je l'avoue, me rendit le calme que je cherchais depuis long-temps. Si l'amour se fortifie par les obstacles, il se guérit par les froideurs. On est blessé de trouver moins de tendresse dans l'objet aimé : l'amour propre se révolte, et la raison recouvre ses droits en dépit du cœur. J'en fis l'épreuve sans m'en douter ; et madame de Renelle, à qui aucun des mouvemens de mon ame n'échappait, sut en tirer parti.

~~~~~~~~~~~~~~~~~~~~~~~~~~~~~~~

LETTRE

A MADAME DE RENELLE.

————————

« LISEZ, chère maman, la petite
relation de ma dernière entrevue
avec d'Olmane. Si vous blâmez la
faiblesse que j'ai eue de me la procurer, j'espère au moins que vous
approuverez l'usage que j'en ai fait,
et qu'il me méritera le retour de vos
bontés. Depuis cet instant il semble
que mes yeux se dessillent. Je m'applaudis d'avoir suivi vos conseils;
j'ai une sorte de satisfaction à voir
que d'Olmane seconde mes efforts :
mais, chère maman, qui aurait cru

qu'il se rendrait sitôt et qu'il lui en
coûterait si peu? J'avoue qu'après
ses fougueux transports et la vivacité avec laquelle il peignait ses sentimens, je me le figurais beaucoup
plus à plaindre..... Ma bonne amie,
les hommes ne connaissent donc que
l'expression du sentiment, il n'agit
donc que sur nos âmes : enfin, que
d'Olmiane soit heureux, je ne dois
pas m'en plaindre. Cependant je ne
sais si j'oserais vous affirmer que je
suis aussi contente que je devrais
l'être. J'ai plus de courage, moins
de sensibilité; peut-être un désir de
vaincre que je n'avais pas encore eu;
mais mon cœur ressent encore une
agitation indéfinissable; je crois qu'il
vaut autant ne pas en approfondir
le motif.

» Comprenez-vous M. de Crémy,

qui a été encore chez d'Olmane lui
faire part de ma lettre? Chaque jour
ses-procédés deviennent plus généreux et plus singuliers. Vous avez
raison, chère maman, c'est le plus
estimable des hommes ; je me reproche de ne pouvoir prendre pour
lui tous les sentimens qu'il mérite.
L'admiration qu'il m'inspire fait
mon tourment ; et pour comble de
malheur, je me vois condamnée à
prononcer bientôt sur son sort. M. de
St.-Albin vient de proposer un nouveau parti, qu'il ne nomme point.
M. de Prévalle en a pris occasion
d'exciter la Comtesse à faire expliquer M. de Crémy. Ils ne se doutent
guère ni l'un ni l'autre que cela dépend de moi. Ma bonne amie, que
vais-je devenir ? comment pourrai-
je me résoudre à payer d'ingratitude

un homme auquel je dois tant? D'un
autre côté, ne-serait-il pas horrible
de le tromper, n'ayant à lui offrir
qu'une froide reconnaissance? Hâ-
tez-vous de me répondre, je vous le
demande en grace, car il n'y a pas
un instant à perdre; son premier
voyage ici sera décisif. La Comtesse
paraît trop goûter l'avis de M. de Prévalle : d'ailleurs je m'aperçois qu'une
grande fille devient un fardeau pour
elle; elle voudrait être débarrassée
de moi, et ne s'en débarrasserait pas
aussi avantageusement avec un autre; ainsi c'est un motif de plus pour
la déterminer à préférer M. de Crémy. Au surplus, si je ne me sens
pas le courage d'être à lui, je ne serai
certainement à personne; mais une
chose que je ne conçois point, c'est
que madame Dubois paraît connaî-

tre particulièrement celui qui garde
l'incognito. Elle m'en a parlé avec
intérêt. Ce pauvre Monsieur, dit-
elle, est d'autant plus malheureux
que je ne le plaindrais pas quand il
se nommerait. Jamais elle n'a voulu
s'ouvrir davantage. Je la soupçonne
d'être venue ici pour espionner ce
qui se passe; ne craignez pas que je
l'en instruise, chère maman; vous
me l'avez rendue trop suspecte. Depuis une certaine époque, que j'évite
de me rappeler, c'est la première
fois que je me suis trouvée seule avec
elle. Jugez si je la fuis scrupuleuse-
ment. En vérité on la croirait disposée à servir le premier venu. Pendant que je causais hier avec d'Olmane; elle occupait la Comtesse de
tout son pouvoir; j'en étais bien aise,
je l'avoue; mais je n'en ai pas pris

meilleure opinion de ses mœurs.
Croyez que j'eus dédaigné ce service
si elle me l'eût offert. Votre enfant,
malgré tous ses écarts, n'a point cessé
de chérir l'honnêteté et la vertu ;
peut-être, hélas ! aurait-elle été moins
coupable, si fière de son innocence
elle n'eût pas eu la témérité de s'en
prévaloir ! Vous qui lisez dans mon
ame, ma bonne amie, auriez-vous l'injustice de douter de la droiture de
mes intentions ? pourquoi garder un
silence qui m'alarme ? Chère maman, je ne vous fais cette question
qu'en tremblant ; qui a tort a perdu
le droit de se plaindre ; mais qui aime
et se repent, doit toucher un cœur
comme le vôtre. Les bontés dont
vous m'avez toujours comblée, sou-
tiennent en moi cette confiance. »

LETTRE

DE MADAME DE RENELLE.

« Je retrouve enfin ma digne élève,
mon aimable enfant. Quel plaisir,
ma chère petite! mon ame le sent
bien vivement. Non, je n'ai point
insulté à la droiture de vos intentions, ni douté de votre innocence;
mais j'ai frémi du bouleversement
total de vos principes, Quand le
cœur dérange la tête, que reste-t-il
pour gouverner le cœur? Ma chère
enfant, la candeur de l'ame n'est
souvent qu'un écueil de plus, lorsque la raison cesse d'en régler les
mouvemens. Parce que l'on a des

vues simples et pures, on croit pouvoir tout oser. L'amour tendre, honnête et généreux s'offre sous l'aspect le plus séduisant. L'imagination échauffée se crée des vertus chimériques, qu'on préfère aux vertus réelles; innocente à ses propres yeux, on n'en devient pas moins coupable à ceux des autres. Cette passion n'est la plus dangereuse, qu'autant qu'elle a une sorte de vertu pour base, et la sensibilité pour excuse.

» Réjouissez-vous, ma chère petite, d'être échappée à tous ces dangers, et croyez-vous contente quand vous devez l'être. Il est plus qu'inutile d'examiner pourquoi vous ne l'êtes pas. D'Ohmane vous donne un exemple précieux à suivre. Plusieurs motifs le déterminent; ils sont aisés

à pénétrer. Parlons d'abord en sa
faveur : convaincu par vos propres
discours que votre fortune et la
sienne ne peuvent jamais se rappro-
cher, il cède à la force. Un autre se
serait rendu plus difficilement, je le
veux; vous en eussiez été *plus flattée*,
mais vous n'en auriez pas été plus
heureuse. Puis, ma chère enfant,
les défauts de caractère ne se démentent jamais, rien ne prévaut sur
une vanité innée. Vos refus masqués
de froideur ont blessé d'Olmane.
Les avances de mademoiselle d'A-
becourt le flattent. N'est-il pas tout
naturel qu'il saisisse ce dédomma-
gement? Jugeons les hommes plutôt
sur ce qu'ils sont que sur ce qu'ils
devraient être. La Providence n'est
pas également libérale envers tous.
Ainsi il y aurait de l'injustice à

exiger autant de sensibilité d'une
ame vaine, que d'un cœur pétri
comme le vôtre. Il ne vous reste
plus qu'un pas à faire pour trancher
le cours des malheurs de tous deux.
D'Olmane veut attendre les évènemens, ou tout au moins votre décision. Dites-lui que votre parti est
pris, obligez-le de s'éloigner; si
c'est le servir en effet, ce sera une
raison de plus pour vous consoler;
et de toute manière il est essentiel
qu'il parte. Vos deux explications
ne vous permettent plus de reculer.
Je n'ajoute pas un mot : c'est à vous
d'exécuter.

» Les nouvelles démarches de
M. de Crémy ne me surprennent
plus. Il est capable de tout ce qu'il
y a de bien et de généreux. Si vous
l'eussiez connu avant d'Olmane,

vous l'eussiez aimé. Mais rassurez-
-vous, cela viendra. Le sentiment ne
se commande point, il faut l'attendre. L'estime et l'admiration en
sont les avant-coureurs. Au surplus,
ma chère petite, ce n'est point de
l'amour que M. de Crémy exige de
vous; conséquemment je ne vois pas
quels scrupules vous pouvez vous
faire. Néanmoins si vous en avez,
il est mieux de les lever avant d'aller plus loin. Après avoir éloigné
d'Olmane, recueillez-vous quelques
jours, interrogez votre cœur, pesez
l'étendue des engagemens qu'on
vous propose, voyez si vous vous
sentez la force de les remplir; et
faites part de vos dispositions à
M. de Crémy. Sa franchise autorise
la vôtre. Dites-lui : *Voilà, Monsieur,
quel est l'état de mon ame, décidez*

vous-même si je suis digne de vous.
» Vous devez aussi l'avertir des
propositions qu'on a faites pour
vous à la Comtesse, et des résolutions qu'elle a prises. Comme il paraît, par la lettre que je vous envoie,
qu'il compte incessamment vous
aller voir, je vais lui écrire deux
mots en votre nom, pour le prier
de suspendre sa visite. Il est nécessaire de l'instruire des circonstances
présentes. Et vous, ma chère enfant,
jugez combien elles deviennent pres-
santes. Ce n'est pas tant sur le sort
de M. de Crémy que vous allez prononcer, que sur le vôtre. D'un seul
mot dépend le bonheur ou le malheur de votre vie. Si je pensais qu'un
oui de votre bouche pût être un par-
jure, je n'hésiterais pas de vous dire:
Soyez malheureuse puisqu'il le faut

pour rester innocente; mais vous pouvez obéir et être heureuse; je ne décide rien de plus.

» Dès que vous renoncez pour toujours au mariage dans le cas où vous refuseriez celui-ci, peu importe d'éclaircir le *ton mystérieux que n'affecte peut-être madame Dubois, qu'afin d'exciter davantage votre curiosité. Ces femmes ont des détours adroits qui trompent les plus habiles. Croyez-moi, laissez-lui son secret en punition de ses fautes; il lui pèse plus que vous ne pensez. Adieu, ma chère petite; continuez d'abhorrer le vice, de mépriser les vicieux sans les accabler, et de chérir la vertu, vous en trouverez la récompense dans le témoignage intérieur; car il n'y a que le plaisir de faire le bien, qui puisse égaler celui de l'avoir fait ».

~~~~~~~~~~~~~~~~~~~~~~~~~~~~~~~~

LETTRE

DE MADAME DE RENELLE
A M. DE CRÉMY.

———————

« J'ENVOIE dans l'instant, Monsieur, votre lettre à Mademoiselle de ***; comme je conçois par celle qu'elle m'écrit, la nécessité qu'il y a de suspendre votre visite jusqu'à ce que vous ayez de ses nouvelles, je prends sur moi de vous en prier avant même de l'avoir consultée. Ne vous inquiétez point : j'espère qu'avant peu, elle vous apprendra des choses satisfaisantes, ou du moins qui achèveront de vous convaincre

22

qu'elle sent la générosité de vos procédés. J'ignore encore si sa main en
sera le prix. Mais si vous l'obtenez,
recevez-la comme un présent digne
de récompenser vos vertus. Je connais assez son ame et son cœur pour
me glorifier d'avoir fait une telle
élève. Pardonnez, Monsieur, cet
éloge intéressé à la tendresse qui le
dicte, et me faistes l'honneur de me
croire ».

LETTRE

De M. de Crémy, à Mademoiselle
de ***, incluse dans celle de madame de Renelle.

« J'ai tout tenté en vain auprès de
vous, Mademoiselle, et auprès de
d'Olmane. Ni l'un, ni l'autre n'ont
approuvé les moyens que j'avais
imaginés pour vous servir. Mes vues
étaient impartiales, et mes désirs
sincères : mais à présent que me
reste-il à faire ? Comment dois-je
me conduire ? Daignez me l'apprendre, je vous en supplie ; quoique
mon dessein ne soit nullement de

vous fatiguer par mes instances, je
ne dois pas laisser soupçonner à
madame la Comtesse que mon empressement ait diminué. Eh! qui
pourrait m'éviter ce reproche envers vous? Permettez que dans peu
j'aille lui faire ma cour. J'agiterai
quelques propositions vagues qui
ne prêteront à aucune conséquence,
et je réglerai ensuite mes démarches sur ce qu'il vous plaira me
prescrire. Il n'est rien dans le monde
que je ne me sente capable de vous
sacrifier. Ce n'est point l'amour seul
que vous m'inspirez, Mademoiselle,
c'est l'amour de tout ce qui est bien,
et surtout du bien qui tend à votre
bonheur. Mais peut-être en dis-je
trop? Pardonnez et me croyez avec
tout le respect possible, etc. »

RÉPONSE

DE Mlle DE ***. A M. DE CRÉMY

« J'AURAIS reçu votre visite avec le plus grand plaisir, Monsieur ; mais madame de Renelle a dû vous prier de la différer pour raisons. Je vous en dois l'éclaircissement. Ma mère a reçu de nouvelles propositions de mariage. Quoique personne ne se nomme, elle prétend en prendre occasion de s'expliquer avec vous, et sûrement vous ne paraîtriez pas ici un quart-d'heure, sans qu'elle vous embarrassât par de spécieux raisonnemens, auxquels vous seriez peut-être embarrassé de répondre. Puisque vous voulez bien m'abandonner le soin de votre conduite, permettez que je prenne encore quelques jours pour méditer mes résolutions. Plus je reconnais ce que vous valez, plus je me sens pénétrée d'un sentiment digne de vos procédés, mais peut-être pas assez digne de vous. Si je vous appréciais moins bien, mes délibérations ne seraient point balancées par ma délicatesse ; au surplus je veux vous établir mon juge. C'est le sage conseil d'une amie éclairée ; ce sera à vous ensuite de faire de ma franchise tel usage qu'il vous plaira. J'ose vous en promettre une sans bornes, et je vous assure, Monsieur, que personne n'a l'honneur d'être plus sincèrement. »

LETTRE

A MADAME DE RENELLE.

« Voici , chère maman , ma réponse à M. de Crémy ; elle contient je crois , ce qu'il y a de plus pressé à lui apprendre ; le reste demande un peu de réflexion. Il est plus difficile que vous ne pensez de se rendre compte des dispositions du cœur lorsqu'il s'agit d'affaires aussi importantes. D'ailleurs que de mouvemens humilians à dévoiler ! ma bonne amie , je souffre d'avance ; mais vous l'ordonnez , cela suffit ; n'appréhendez point qu'une fausse honte me re-

tienne; j'aurais déjà écrit à d'Olmane
tout ce que vous exigez de moi sans
la lettre que je viens de recevoir.
Voyez s'il m'est permis de l'envoyer
auprès de mademoiselle d'Abecourt
après la manière dont madame de
St.-Sirant me parle de cette fille.
Ne dois-je pas plutôt l'avertir du
danger qu'il courrait en l'épousant?
Ce n'est plus, je vous le proteste,
quelque intérêt particulier qui m'arrête; j'ai renoncé à d'Olmane. Qu'il
parte ou ne parte point, tout espoir n'en est pas moins éteint dans
mon cœur. Mais, chère maman, je
vous tromperais si j'osais vous dire
que son bonheur ne me touche point
encore vivement; je crois même
qu'il ne cessera de me toucher : pour-
riez-vous m'en faire un crime?

» Adieu, ma chère amie; je vais

écrire sur le champ à madame de St.-Sirant pour tâcher de savoir d'où elle tire ces informations; et j'attendrai votre avis sur ce qu'il convient que je fasse. Sans vous que deviendrais-je?»

~~~~~~~~~~~~~~~~~~~~~~~~~~~~~~~~~~~~~

LETTRE

DE MADAME DE SAINT-SIRANT.

————————

» J'AI vu toutes les merveilles dont tu voudrais que je t'entretinsse, ma chère; mais je n'en ai pas la force Le malheur sait nous poursuivre dans le sein des plaisirs comme au fond de nos retraites; et je puis t'assurer que le contraste, loin d'être un objet de dissipation, ne sert qu'à faire sentir plus vivement les peines. N'as-tu pas entendu parler de la bataille que nous venons de perdre? Eh bien! le pauvre M. de Norfalque y était et on ne le re-

trouve point. Quelle perte pour sa
famille, quelle perte pour moi-
même ! car je lui ai de grandes obligations. J'avoue que je lui devais
une partie de tout ce que je puis valoir ; son aimable frère ne me quitte
point, il est dans une affliction qui
attendrirait le cœur le plus dur, et
tu sais si le mien est sensible. Ah !
mon amie, qu'est-ce que la vie ? je
ne m'étonne point que tu y sois si
peu attachée. Ce que j'ai appris ces
jours - ci me confirme dans l'idée
que tu n'es guère plus heureuse
que nous. Nous perdons un ami,
ton amant t'abandonne. On m'a fait
voir ta rivale, elle est grande, bien
faite, très-jolie, pleine de grâces et
de talens ; mais d'Olmane sera bien
puni s'il en fait sa femme. A peine
ici les hommes en voudraient - ils

pour leur maîtresse. C'est un démon de jalousie, capable de tous les excès auxquels porte cette passion ; pour tout dire, on ne parle que de ses défauts. Personne ne lui accorde une vertu ni une qualité. Elle te vengera, ma chère, sois-en sûre : ainsi console-toi : tu n'es pas encore si à plaindre que nous. Adieu, mon amie, la plume me tombe des mains. »

RÉPONSE

A MADAME DE SAINT-SIRANT.

« Tu me trouveras toujours disposée, ma chère, à partager tes chagrins. J'ai vu avec la plus sincère douleur M. de Norfalque sur la liste des morts. J'étais sûre des larmes et des regrets que tu lui donnerais. Je t'exhorte cependant à ne t'y point trop livrer. Conserve la mémoire de ce digne ami, qu'elle te soit chère ; console son pauvre frère, aide sa famille, c'est malheureusement tout ce que nous pouvons pour les morts qui nous ont été chers. Nos pleurs ne

les rappeleraient point à la vie, mais
ils ne doivent jamais cesser de vivre
dans nos cœurs.

Je ne sais où tu prends que d'Olmane m'*abandonne* : je t'avoue que
ce mot me blesse. Un homme peut
avoir des vues sur une fille à marier
sans être son amant. Il peut de même
renoncer à ses vues sans qu'elle puisse
se croire abandonnée , ni regarder
celle qu'il épouse comme sa rivale.
Cela est si vrai, que dans tous les
temps, j'ai été la première à presser
d'Olmane d'accélérer son mariage
avec mademoiselle d'Abecourt. Mais
quand j'aurais pensé différemment ,
je pourrais encore te certifier qu'il
n'entrerait point dans ma pensée de
me rejouir du mal qui lui en arrive-
rait. D'où tire-tu donc ces informa-
si flétrissantes pour une jeune per-

sonne qu'on avait dit-être aimable ?
ma chère, je ne te cache point que
cela m'afflige. D'Olmane mérite d'ê-
tre heureux ; et il serait digne de toi
d'examiner de près les choses, pour
sauver un galant homme des pièges
que peut-être on lui tend. Adieu,
mon aimable amie, reçois mes tendres embrassemens. »

~~~~~~~~~~~~~~~~~~~~~~~~~~~~~~~~~~~

LETTRE

DE MADAME DE RENELLE.

~~~~~~~~~~~~~~~~~

« Voici, ma chère petite, deux
lettres de M. de Crémy. Je ne vous
dirai point combien elles m'ont touchée; votre cœur est fait pour le sentir. J'ai lu et relu celle de madame
de St.-Sirant. Je ne cesse de réfléchir sur la vôtre; et j'avoue, ma chère
petite, que les circonstances me paraissent très-délicates. Si vous étiez
certaine du malheur qui menace
d'Olmane, il serait très-mal de l'exciter par vos conseils à conclure un
hymen si funeste : on ne voudrait

pas se débarrasser du plus cruel ennemi à ce prix, et ce n'est pas là-dessus que j'ai besoin d'insister. Mais cette madame de St.-Sirant m'est plus suspecte en tous points. Le ton seul avec lequel elle traite ce sujet, caractérise la petitesse de son ame. *Il sera puni*, dit-elle, *elle te vengera, ainsi console-toi.* Quelle basse manière d'envisager les choses ! elle me révolte. Laissons-là cette femme, et revenons au fait. Vous voudriez avertir d'Olmane, ma chère petite? le pas est encore bien glissant. La générosité a ses écueils. Qui vous répond que d'Olmane ne prendra point cet avis pour un retour sur votre conduite passée ; qu'il n'imaginera point que c'est la jalousie qui le dicte ; qu'en un mot, il ne vous soupçonnera pas de chercher à le rap-

peler ? Tant pis pour lui, me répondrez-vous ; j'aurai fait ce que j'aurai
dû. Oui, vous l'aurez fait très-inno-
cemment ; mais son amour propre
lui persuadera le contraire ; sa vanité le publiera et vous en serez la
victime. *Apprenez que les défauts*
de nos amis opposent souvent des
obstacles insurmontables aux servi-
ces que nous désirerions de leur
rendre. Quand ils nous demandent
un conseil , aucun respect humain
ne doit arrêter notre franchise ; mais
lorsque le conseil est gratuit, il faut,
avant de le donner, bien peser les
paroles , ne pas toujours se laisser
emporter par le motif , et voir si
nous ne nous exposons pas à perdre
l'estime d'un ami pour lequel notre
avis sera aussi infructueux qu'il nous
est nuisible. Bien des gens s'abusent

sur les devoirs de l'amitié. Ils s'é-
crient dans leur fol enthousiasme:je
serais indigne de la confiance d'un
ami, si au hasard de lui déplaire,
je ne bravais pas tout pour le sauver
d'un malheur, quelquefois même
d'un *simple ridicule. Moi je pense*
différemment. Le premier devoir
de l'amitié est de savoir ménager
les faiblesses de nos amis, sans toute-
fois les nourrir ni les flatter. Peu
de personnes sont assez délicates sur
l'article des conseils. Toutes les fois
qu'on est mal-disposé à les recevoir,
ou qu'ils peuvent induire votre ami
à douter de quelqu'une de vos vertus, avec la meilleure intention du
monde, vous ne ferez que le refroi-
dir, vous affaiblirez sa confiance, et
vous vous serez desservi à pure perte. Encore une fois le grand principe

général : *j'ai fait ce que j'ai dû , il le prendra comme il voudra ,* n'est que pour soi. Et la satisfaction personnelle ne doit pas être préférée par celui qui connaît le prix du sentiment d'autant plus précieux qu'il est facile à altérer,

» J'ai cru en passant devoir vous développer ces maximes , quoiqu'elles ne soient pas toutes analogues au sujet que nous traitons, et j'y reviens. N'écrivez point à d'Olmane: vous ne lui avez peut-être que trop écrit. Faites-lui dire tout au plus de venir vous voir. Alors commencez par exécuter votre premier projet ; certifiez-lui que votre parti est pris sans expliquer comment il l'est ; il ne faut jamais mentir quand on peut s'en défendre. Puis, amenez la conversation sur mademoiselle d'Abe-

court. Recommandez-lui de l'observer ; laissez-lui entrevoir que madame de St.-Sirant vous parle d'elle ;
inspirez-lui la crainte d'être trompé
sans lui prédire qu'il le sera ; de manière qu'il ne voie dans vos discours
qu'un désir sincère de le savoir heureux. Voilà, ma chère petite, tout
ce que la prudence vous permet.
Adieu, aimable enfant, je vous embrasse de tout mon cœur. »

LETTRE

DE M. DE CRÉMY.

A MADAME DE RENELLE.

« JE me conformerai, Madame,
aux avis que vous avez la bonté de
me donner ; mais il ne dépend pas
de moi d'attendre tranquillement des
nouvelles de mademoiselle de ***.
Eprouverait-elle quelques chagins
dont je serais cause ? mille idées plus
noires les unes que les autres trou-
blent mon imagination. Madame,
si un peu de pitié eût conduit votre
plume, vous m'eussiez épargné bien
des larmes, en me mandant les rai-

sons qui me ferment la porte de madame la Comtesse. Pardonnez ce
petit reproche qu'un intérêt très-
vif peut excuser aux yeux de quiconque connaît mademoiselle de***.
Je ne suis pas surpris qu'on se glo-
rifie d'avoir fait une *telle élève*. *Elle*
a de quoi s'applaudir d'être la vôtre,
Madame. Croyez que je m'estimerais
le plus heureux des hommes si je
l'obtenais. Mais je n'espère rien, et il
ne m'est pas permis de désirer autre
chose que son propre bonheur. Vous
en qui elle a toute confiance, recommandez-lui s'il vous plaît de s'en occuper uniquement. La prétendue
générosité de ma conduite envers
elle n'est rien; et j'avoue que son
bien-être serait tout pour moi. Je
suis, etc. »

~~~~~~~~~~~~~~~~~~~~~~~~~~~~~

LETTRE

DE M. DE CRÉMY, A Mlle DE ***.

« Que je vous ai d'obligations, Mademoiselle, de me tirer de l'inquiétude où m'avait jeté la lettre de madame de Renelle. Je conçois à présent la nécessité qu'il y a de m'éloigner; et j'y souscrirai aussi longtemps que vous me l'ordonnerez.

» Je pourrais vous confier mes craintes sur ces nouvelles circonstances : elles sont faites pour m'alarmer. Un parti qui ne se nomme pas aujourd'hui, peut se nommer de-

main, et paraître digne d'attention;
mais vous entreriez dans mes peines,
vous vous presseriez de les alléger;
et je dois vous les taire. D'ailleurs,
faut-il en convenir? je n'attends qu'en
tremblant les effets de votre franchise. Moi votre juge, dites-vous, et
sur quel point? Ah! par pitié pro-
noncez vous-même sur mon sort, et
ne livrez point à sa propre sévérité
un homme qui ne croira jamais assez
faire pour vous prouver combien il
vous admire et vous respecte; aggréez-
en de nouvelles assurances, etc. »

Madame de Renelle l'avait prévu;
ces lettres me touchèrent beaucoup.
Mais une extrême sensibilité trompe
quelquefois sur la valeur des affections. On croit n'être affecté qu'autant qu'on éprouve des transports:
un sentiment raisonné n'est plus

3   24

aux yeux des amans qu'une froide
compassion, ou une justice faiblement rendue au mérite. J'étais si
mécontente des miens pour M. de
Crémy, que je n'osais interroger
mon cœur. Il le fallait cependant;
et je m'efforçais d'y réfléchir *lorsque*
d'Olmane vint me tirer d'une profonde rêverie. Je vous interromps,
Mademoiselle, me dit-il, d'un air
moitié libre, moitié contraint. Si je
croyais vous gêner je me retirerais.
Non, Monsieur, vous ne me gênez
point; j'étais même en peine de savoir comment vous faire prier de
venir me voir. Eh bon Dieu! pourquoi donc en peine? Que ne m'é-
criviez-vous un mot! Chaque jour
notre fidelle commissionnaire passe
ici, elle vous cherche, et je ne suis
pas assez heureux pour qu'elle vous

rencontre. Mais qu'avez-vous à
m'apprendre ? Puis-je vous être
utile ? parlez, Mademoiselle ; je vous
suis dévoué pour la vie : pour la
mort ; en douteriez-vous ? C'est bien
moins de mes intérêts dont il s'agit
que des vôtres, lui dis-je ; vous
perdez dans votre retraite un temps
que vous pourriez mieux employer.
D'où vient ne partez-vous point,
qui vous arrête ? Vous, Mademoiselle, vous uniquement..... D'Olmane, il me semble que nous étions
demeurés d'accord qu'aucun motif
ne pouvait plus vous retenir et que....
Vous m'avez, il est vrai, Mademoiselle, arraché une parole ; mais oubliez-vous qu'elle étoit condition-
nelle ? Je me rappelle, Monsieur,
avoir combattu ces conditions.....
Hélas ! que n'avez-vous pas com-

battu? Je n'ai jamais obtenu de vous que des conseils froids et durs. Au moins si la pitié les accompagnait, je n'ose pas dire si le sentiment les dictait! Mais en vérité, Mademoiselle, les miens y avaient quelque droit..... Ne parlons pas de cela, Monsieur. La dernière fois que je vous vis vous me parûtes raisonnable; soyez-le encore aujourd'hui, et promettez-moi de partir cette semaine...... A ces mots ses yeux se remplirent de larmes; il les avait fixés sur les miens, et ne me répondait point. Je ne pus me défendre d'un peu d'attendrissement. J'appelai toutes mes forces à mon secours, pour dérober à ses regards ce qu'il m'en coûtait. Puis, je repris d'un ton ferme.... Oui, Monsieur, le sort en est jeté, vos

délais ne pourraient rien changer,
rendez-vous à mes prières, et puisqu'il faut vous le dire, mon parti
est pris. Votre parti est pris? c'est
de ce ton, cruelle, que vous l'an-
noncez, et vous feignez de descendre aux prières, quand en effet vous
ne faites que dicter un ordre barbare. C'est pour vous, Monsieur,
plus que pour moi, que je vous
presse de partir. Eh! Mademoiselle,
modérez tant de bontés, ou plutôt
n'imaginez pas me donner le change,
Je le vois, ma présence vous importune, elle vous reproche un excès
d'ingratitude dont votre ame rougit,
et dont j'étais si loin de vous croire
coupable. Ah! malheureux, où t'é-
garais-tu? Quelle destinée faut-il
subir! A qui tient-il que j'en abrège
le cours? Mais il ne tient qu'à moi;

la vie n'est rien, quand le mal est insupportable. Il se lève furieux, cherchant partout son fusil qu'il avait laissé dans l'anti-chambre ; je me lève aussi et l'arrête. Laissez-moi, me dit-il sans me regarder, *laissez-moi* ; *vous m'ordonnez de fuir, et je pars.* D'Olmane, craignez de vous abandonner à ces fureurs. Si quelqu'un venait..... Oui, Mademoiselle, voilà ce qui vous inquiète ; cette crainte seule vous touche. Laissez-moi sortir ; il me repousse et s'éloigne dans l'embrasure d'une fenêtre, où les larmes succédèrent à ses transports. Des pleurs coulèrent de mes yeux, quelque effort que je fisse pour les retenir : d'Olmane ! lui dis-je, d'une voix entrecoupée, d'Olmane, de grace restez un moment, que j'aie la consolation

de vous voir plus tranquille! Il détournait toujours la vue, mais le
son de ma voix le frappa. Il me
considéra quelques minutes. Pourquoi, me dit-il, tant d'efforts, craignez-vous de paraître trop sensible?
Alors il me serre un instant entre
ses bras, puis me conduit près d'un
fauteuil, et se jette à mes pieds. Par-
donnerez-vous, me dit-il, en pres-
sant mes mains sur ses lèvres, par-
donnerez-vous les excès auxquels
je viens de me porter? Oublions-les
et relevez-vous, d'Olmane..... Non,
fille trop aimable et trop aimée,
cette situation convient à un malheureux tel que moi, un seul de vos
regards suffit pour me rendre à moi-
même. Hélas! je vous accusais d'insensibilité, et ce sont vos larmes
qui démentent cette injure. Quelle

bonté! Que ne puis-je expirer à vos
genoux de repentir, d'amour et de
reconnaissance. Croyez au moins
que mes sentimens méritent ce mouvement de regret qui vous échappe.
Mais part-il du cœur? Puis-je me
flatter d'emporter ce faible dédom-
magement? Ne cherchons point à
nous attendrir, lui dis-je, relevez-
vous; de grace ne m'exposez point
à des soupçons injurieux. Il se re-
leva et s'assit près de moi en tenant
toujours mes mains dans les siennes.
Vous me connaissiez peu, pour-
suivis-je, quand vous m'accusiez
d'ingratitude; j'ai souffert et je souffre encore des peines que je vous
cause involontairement. J'ignore
comment on peut être flatté d'un
attachement qui coûte si cher à celui
qui l'éprouve : et s'il dépendait de

moi de guérir votre cœur, il n'est
rien que je ne sacrifiasse au plaisir
de vous savoir tranquille. La certitude qui fait le tourment d'un honnête homme est plus affreuse qu'on
ne pense. Ah! Mademoiselle, vous
pouviez en faire le bonheur, et vous
allez combler celui de M. de Crémy.
Il le mérite bien, je l'avoue, mais....
D'Olmane ne nous abusons point,
je ne pouvais rien pour vous, si ce
n'est quand je vous ai donné des
conseils bien désintéressés : et vous
savez si je les ai épargnés. Non,
Mademoiselle, non, vous les avez
même épuisés. Il reprenait un ton
amer. Eh bien! allez-vous vous livrer encore à des sentimens qui
m'offensent? Soyez juste une fois
en votre vie. Qu'auriez-vous fait à
ma place? parlez. Ses soupirs l'em-

3   25

pêchaient de me répondre. Quittons
ces discussions, lui dis-je, elles ne
nous mèneraient à rien. C'est de
votre félicité prochaine dont il faut
nous occuper. Cruelle amie, vous
vous plaisez à m'enfoncer le poignard dans le cœur : et où trouver
cette félicité quand tout m'est ravi ?
Auprès de mademoiselle d'Abecourt, qui vous aime comme vous
le méritez. Je vous entends, Mademoiselle : vous espérez qu'elle vous
débarrassera de mes importunités.
D'Olmane, je n'espère rien ; je désire seulement tout ce qui peut assurer votre tranquillité. Voulez-
vous plus de franchise encore ?
lisez au fond de mon cœur : sen-
tant l'impossibilité de nous unir jamais, je n'ai rien négligé pour me
sauver des piéges de l'amour. J'ai

moins étudié vos vertus que vos défauts, et je me suis fait, autant que je
l'ai pu, un rempart des uns contre
les autres. Mais la femme la plus
honnête se flatte en vain d'être insensible à l'intérêt qui naît malgré
elle *de la reconnaissance qu'inspi-*
rent des hommages sincères......
Quoi, Mademoiselle! il est vrai que
les miens vous ont flattée, et que
vous vous intéressez à mon sort!
Oui, Monsieur, je m'y intéresse;
et cet intérêt est si pur que je ne le
cache point. Croyez-en donc mes
avis; quand je vous presse de partir,
c'est moins pour conclure tout de
suite votre mariage, que pour vous
mettre à même d'examiner de plus
près mademoiselle d'Abecourt. Je
ne vous dis point épousez-la aveuglément; au contraire, il est très-

essentiel que vous vous assuriez de
ses mœurs et de son caractère.
Mais, Mademoiselle, vous aurait-on
parlé d'elle ? Monsieur, il me paraît
qu'elle a tout au moins des ennemis.
Mademoiselle, je me suis aperçu
qu'elle n'est point aimée dans sa famille. Mais si vous savez quelque
chose de plus, j'ose dire que vous
m'en devez l'aveu. Par quelle voie
êtes-vous informée ? je vous en supplie, tirez-moi d'inquiétude. Je vis
que cet objet faisait diversion, j'en
fus un peu soulagée...... Monsieur,
repris-je, je ne sais rien de positif.
Madame de St.-Sirant me mande
qu'on est prévenu contre elle ; mais
elle ne s'explique pas ; voyez par vos
yeux, c'est le plus sûr. Ah ! Mademoiselle, si ce n'est que madame de
St.-Sirant qui vous ait prévenue, vous

me rassusez beaucoup. Quelle femme voit-elle sans envie? Nommez-m'en une qu'elle ait épargnée. Monsieur, je n'ai jamais eu lieu de me plaindre d'elle. *Vous*, *Mademoiselle*? vous êtes bien bonne de le croire, et je *pourrais* vous convaincre du contraire. Mais, Monsieur, vous me surprenez. Mademoiselle, j'ai toujours regretté de vous voir dupe de votre amitié pour elle; néanmoins je devais respecter une liaison dont vous m'entreteniez rarement, et j'ai résisté dix fois à l'envie de vous détromper en vous communiquant ses lettres. Monsieur, les auriez vous encore? J'en pourrais retrouver quelques-unes, qui seront à vous si vous le désirez. Nous en étions là lorsque nous entendîmes la comtesse. D'Olmane me regarda

tendrement sans parler. Nous n'a-
vons plus qu'un moment, lui dis-je,
donnez-moi votre parole. O Ciel,
s'écria-t-il, c'en est donc fait ! il
faut renoncer à tout ce que j'ai de
plus cher ; c'est peu encore, il faut
m'en éloigner. Quel sacrifice ! ma
bonne amie, soutenez-moi, en-
couragez-moi, mes forces m'abandonnent, je n'en puis plus. Ses
larmes se tarirent en effet, sa tête
se pencha sur un de mes bras, je
crus qu'il allait perdre connaissance.
Au nom du sentiment que vous ex-
primez si vivement, lui dis-je, re-
mettez-vous ; je sens tout ce que
coûte un dernier effort. Mais, d'Olmane, soyez sûr que je vous en
tiendrai compte : vivez heureux,
travaillez à le devenir pour l'amour
de moi ; je vous promets de ne

jamais oublier combien je vous ai
été chère. Vous me le promettez ?
Oui, je vous le promets ; dès cet
instant regardez-moi comme la
meilleure de vos amies, et cimentez
notre amitié par l'acte de renou-
cement que je vous demande. Eh
bien ! vous serez obéie : adieu. Je
m'arrache d'auprès de vous digne et
respectable amie ; vivez heureuse,
et croyez qu'en rendant le dernier
soupir je formerai encore des vœux
pour votre bonheur. Il m'embrassa
pour la première fois, et s'éloignant
un peu, afin que la Comtesse ne pût
s'apercevoir de rien lorsqu'elle entrerait : Madame, lui dit-il, votre
sommeil a été bien long ; je vous
attendais impatiemment pour prendre vos ordre. Et où va donc mon
mari, reprit-elle ? Madame, je pars

pour Paris. Quand ? Demain. Cela
est prompt. Oui, Madame : aussi
n'ai-je qu'un instant à moi. A peine
resta-t-il un quart-d'heure. La Comtesse me proposa de le reconduire;
mais je m'en défendis sous le prétexte d'une migraine, et j'allai venger l'amour des contraintes d'une
austère bienséance par des torrens
de larmes. J'étais accablée, presqu'anéantie : je ne pus reparaître de
la soirée; je me couchai pour chercher dans le sommeil le calme qui
me fuyait; mais en vain l'appellé-je
à mon secours. Le lendemain j'essayai d'écrire les lettres suivantes.

LETTRE

A MADAME DE RENELLE.

« Tout est consommé, chère maman ; vos volontés sont accomplies.
D'Olmane vole à présent vers mademoiselle d'Abecourt, et je reste
en proie à ma douleur. Je ne suis
pas même délivrée de mes cruelles
incertitudes. O ! ma bonne amie !
qu'il est affreux d'arracher de son
cœur les traits de l'amour pour y
enfoncer le poignard dont le désespoir et la jalousie sont armés.
Vous l'avourai-je? Hier, en exhor-

tant d'Olmane à s'assurer du caractère de mademoiselle d'Abecourt,
je remarquai qu'en dépit de l'amour
qu'il me jurait, cette fille l'intéresse
plus qu'il ne semble le croire. Il
me voyait, il m'écoutait, il me parlait ; mais ce n'était point moi qui
l'occupait, moi qui ne songeais qu'à
lui, qui sacrifiais tout à son repos,
et qui cherchais à alléger ses peines.
Ah ! que les hommes sont faux ou
faibles ! he quel cas peut-on faire
d'un cœur partagé ? Mais, insensée,
où m'égarai-je ? Que m'importe le
partage d'un cœur auquel je renonce
la première ? Amour, quand cesseras-
tu de tyranniser mon ame ? Pour
connaître trop bien ta délicatesse et
ton pouvoir, serai-je condamnée
à gémir éternellement sous tes lois ?
Encore si j'étais payée de retour !..

Non, je ne veux plus y penser, c'est trop de faiblesse. Il est temps de braver les caprices du sort. Excusez, chère maman, les derniers efforts d'un feu prêt à s'éteindre, et qui s'épuise en s'exhalant. Adieu, ma bonne amie ; plaignez votre malheureuse enfant, encouragez-la, elle a grand besoin de secours. J'écrirai à M. de Crémy dès que mes forces me le permettront. »

AUTRE LETTRE

A MADAME DE RENELLE.

« TROUVERAI-JE tout contre moi, chère maman? M. de St.-Albin vient d'envoyer demander une réponse positive aux propositions qu'il a faites. Il apprend, dit-il, que M. de Crémy s'éloigne; et il croit que lui qui se présente est digne de lui être préféré. M. de Prévalle et la Comtesse ont tenu un long conseil, dans lequel ils avaient décidé que M. de Prévalle irait trouver M. de Crémy; mais j'ai eu le courage de m'y

opposer. Quoi ! Monsieur, lui ai-je
dit, vous iriez quêter pour moi un
époux, et me rendre la fable de la
province ? Qu'y a-t-il donc de si
pressé ? Si je suis de trop ici,
qu'on me mette au couvent, je n'en
murmurerai pas. Mes réprésenta-
tions n'ont pas été trop bien reçues ;
néanmoins on a délibéré qu'on ac-
corderait encore huit jours de délai à M. de Crémy, après lesquels
on recevrait l'autre prétendant ; et
me voilà forcée d'écrire à M. de
Crémy avant même de savoir que
lui mander. Ma bonne amie, que
vais-je lui dire ? Mon embarras est
extrême. Chaque jour ma position
devient plus cruelle : car que deviendrais-je, s'il me fallait recevoir
les nouveaux soins d'un homme qui,
sans nuls égards pour moi, content

de m'obtenir des mains de la Comtesse, s'inquiéterait peu de mes sentimens ? Dieu veuille me secourir, et prendre pitié de mes maux. En vérité, chère maman, je suis bien à plaindre. »

» *P. S.* Je décachète ma *lettre*, ma bonne amie, pour y joindre celle que j'ai reçue de madame de St.-Sirant : elle me rappelle les soupçons que d'Olmane m'a donnés sur son amitié. Il prétend avoir preuve en main : je ne lui ai pas caché que j'étais curieuse de les voir : s'il vous les adressait, chère maman, lisez ces lettres, et mandez-moi si je dois continuer d'entretenir ce commerce de fausseté ; car il deviendrait aussi faux de ma part que de la sienne. »

LETTRE

DE MADAME DE SAINT - SIRANT.

« Je suis trop véritablement affligée, ma chère, de la perte que nous avons faite, pour pouvoir m'occuper des intérêts du pauvre d'Olmane : je pars même dans huit jours, et j'emmène avec moi notre malheureux Chevalier; nous goûterons plus librement dans ma terre la douceur de pleurer en liberté, elle doit être grande. Ici on ne peut pas jouir de sa douleur; tout y respire le plaisir, et les gens tristes y sont du dernier déplacé.

» Adieu, ma chère ; tant mieux que d'Olmane ne soit plus ton amant. Je souhaite pour toi qu'il se fixe aux environs de Paris. Quand des femmes *telles que nous ont eu* la faiblesse d'aimer, et qu'elles ont été devinées par le public, rien ne peut leur arriver de plus heureux que l'éloignement de l'objet qui ternissait leur gloire. Celle de mon amie m'est si précieuse que j'y trouve la mienne intéressée. »

LETTRE

DE Mlle DE ***, A. M. DE CRÉMY.

« Un noble désintéressement, Monsieur, a été jusqu'à présent la règle de votre conduite ; la franchise doit être aussi la base de mes actions ; c'est vous que je vais prendre pour modèle. J'achevai avant-hier le grand sacrifice, je ne dirai pas que je vous devais, mais que je devais à d'Olmane et à moi-même. Il est actuellement auprès de mademoiselle d'Abecourt qui, sûrement l'indemnise au-delà de ce qu'il perd : ainsi nous pouvons nous dispenser

26

de le plaindre. Je l'ai laissé persuadé
que mon parti était pris. Cependant,
Monsieur, il ne l'est pas, et vous
seul pouvez le déterminer. La réflexion produit de grands change-
mens dans les idées ; autrefois j'ai
craint de vous appartenir, aujour-
d'hui j'appréhende de n'en être pas
digne : personne n'apprécie mieux
que moi tout ce que vous valez ;
mais, je l'avoue, l'esime que j'ai pour
vous, Monsieur, ne m'acquitterait
qu'à moitié de ce que je vous devrais : aveuglée long-temps par l'a-
mour, séduite par un vain espoir,
j'avais formé des projets qui me sont
encore chers, même après y avoir
renoncé ; pour les détruire, il m'a
fallu chercher dans la faiblesse
de d'Olmane des armes contre la
mienne. Je ne vous le caché pas,

Monsieur, il m'en a fourni de beaucoup plus fortes que je ne m'y attendais. Mes raisons l'ont bien
moins convaincu que les empres-
semens de mademoiselle d'Abecourt ne l'avaient flatté. Et peut-
être *son cœur ne désirait-il plus*
qu'un prétexte honnête de s'y rendre. J'ai tort de m'en plaindre,
je le sais : mais dans quelle ame
sensible l'amour-propre offensé pré-
vaut-il sur une passion dominante ?
J'aime encore, puisque je suis bles-
sée de l'intérêt que prend d'Olmane
à mademoiselle d'Abecourt, et du
peu de résistance que j'ai eu à vaincre de sa part pour l'envoyer vers
elle. Avant cette découverte, si ma
main n'eût dépendu que de moi,
jamais je n'aurais appartenu à d'autre
qu'à lui. Actuellement persuadée que

son attachement se divise, je ne
crois point que je voulusse accepter un si faible hommage. Maîtresse
de mes actions, je resterais plutôt
libre toute ma vie.

» J'ose assez présumer de moi,
Monsieur, malgré tous les humilians aveux que je viens de vous
faire pour vous répondre, que ce
sont les derniers dont j'aurai à rougir. D'Olmane, j'espère ne trou-
blera plus mon repos; et je cherche
moins à vous flatter qu'à vous rendre justice, en vous assurant que
vous êtes le seul à qui je veuille
appartenir. Ma reconnaissance suffirait, pour me guider vers vous;
mais ce sont vos vertus qui me décident. Ces vertus qui font aujour-
d'hui mon admiration, ne peuvent
manquer de produire dans mon

cœur un attachement tendre pour
vous ; cependant des dispositions
prochaines au sentiment qui devrait
exister déjà, me paraissent si fort
au-dessous de ce que vous méritez,
que je vous demande en grace de
les laisser *pour ce qu'elles valent*,
si elles ne vous satisfont pas. Répondez - moi avec franchise, c'est
tout ce que je vous demande. »

» Il est arrêté que dans six jours
on examinera les propositions de
M. de St.-Albin. Comme elles peuvent ne pas convenir, j'attendrai leur
examen pour me déclarer ; mais quoi
qu'il arrive, je ne me résoudrai point
à faire le malheur d'un homme auquel je ne pourrai jamais unir mon
sort volontairement. »

~~~~~~~~~~~~~~~~~~~~~~~~~~~~~

RÉPONSE

A MADAME DE SAINT-SIRANT.

« Je sais, ma chère, que la solitude convient aux ames sensiblement affectées, mais elle nourrit leur douleur sans remédier aux maux qui les accablent. Au reste il me semble que ton voyage ne devait pas être beaucoup plus long, ainsi je n'aperçois d'autre changement dans tes projets que le retour du chevalier. Ne crains-tu point, ma chère, qu'une aussi constante assiduité n'ait les mêmes suites que celle de son malheureux frère ? Ce que tu dis de notre gloire me suggère cet avis pour la tienne. Cependant je t'avoue qu'il n'entre point dans mes principes d'en faire mon idole aux dépens d'un sentiment permis. D'Olmane peut rester à Paris sans que je m'en afflige ; il peut revenir en province sans que je rougisse de le revoir, sinon j'aurais autant de remords à cent lieues de lui qu'à deux. Sur ces choses-là, le cri de la conscience doit être encore plus terrible que le blâme public ; mais comme j'espère ne m'être pas plus exposée à l'un qu'à l'autre, réserve-moi tes souhaits pour des objets plus réels. Adieu, ma chère. »

LETTRE

DE MADAME DE RÉNELLE.

« Eh bien ! ma chère petite, sont-
ce en effet les derniers murmures
des passions que j'ai entendus ? Puis-
je vous féliciter sur l'état présent de
votre ame, comme sur l'avenir heureux qui s'ouvre devant vous ? Voici
la réponse de M. de Crémy ; elle est
digne de ses sentimens. J'espère
que cette lettre achèvera de vous
rendre une sécurité d'ame que rien
n'altérera plus. Mais pressée de profiter de ce courrier, je n'ai, ma
chère petite, que le temps de vous
souhaiter tout le bonheur possible. »

LETTRE

DE M. DE CRÉMY.

« Le sort le plus heureux est entre mes mains, Mademoiselle, et vous avez pu croire que j'hésiterais à profiter des bontés dont vous me trouvez digne ! Qui pourrait vous connaître sans vous aimer, sans désirer de s'unir à vous ? Et ce n'est point un fol amour que vous inspirez, c'est un sentiment pur, divin, qui répand dans mon ame une douce sérénité. Puisqu'il m'est enfin permis de vous ouvrir mon cœur, connaissez les impressions qu'il a reçues, et qui vont

3 27

se fortifier par la certitude qu'elles
accroîtront mon bonheur sans troubler celui du marquis de d'Olmane,
et sans balancer le vôtre.. Croyez
qu'à pareil prix j'y aurais renoncé
pour toujours. Un éternel silence
vous eût dérobé les hommages se-
crets qu'à toute heure et en tout
lieu je n'aurais cessé de vous offrir
intérieurement.' Vous eussiez été
l'objet de mon culte, celui de mes
regrets, l'ame de tout mon être;
mais je n'aurais pas voulu qu'il vous
en coûtât un soupir, eût-il dû effacer les traces de mes peines. Quel
changement un seul instant opère,
et qu'il m'est doux de ne le devoir
qu'à vous, Mademoiselle! je me li-
vrerais à cette joie vive et tendre, si
je ne devais vous rassurer sur des
craintes dont je rougis. Quoi !

vous appréhendez, dites-vous, d'être peu digne de moi, parce qu'un homme aimable avait su toucher votre cœur! Eh comment vous ferai-je un crime de ce qui ajoute à votre gloire? L'amour n'est un vice que pour les *ames vicieuses; il embellit les autres,* et leur prête de nouvelles vertus. Vous avez eu le mérite de l'épreuve. Jugez si je dois m'en plaindre : ah! plutôt que ne suis-je à vos pieds, pour vous répéter le serment de vous aimer jusqu'à mon dernier soupir, et de vous abondonner mon sort. Demain, Mademoiselle, pas plus tard que demain, j'epère avoir le bonheur de vous voir; et dans très-peu de jours, celui de vous appartenir sans réserve; cependant ne redoutez point mon empressement. Plus l'amour délicat allume les dé-

sirs du cœur, plus on sait les soumettre aux volontés d'un objet tel
que vous..... »

M. de Crémy arriva le lendemain,
commme il me l'avait annoncé ;
pour la première fois, je lui vis un
air contraint et timide, surtout en
me saluant. La Comtesse ne tarda
pas à entrer en matière. Ceci, Monsieur, lui dit-elle, est une surprise
agréable, car je ne croyais plus que
vous vous souvînssiez de ma fille.
J'avoue, reprit M. de Crémy, que
je ne me suis pas comporté comme
les galans de nos jours. Quelques
raisons m'y ont forcé, d'autres motifs peut-être m'y auraient engagé.
Je remarquai d'abord que Mademoiselle exigeait des délais : ainsi
quand des affaires d'intérêt n'auraient pas rempli tout mon temps,

j'aurais toujours dû vous laisser, Madame, le loisir de faire toutes les informations possibles, et à Mademoiselle celui de réfléchir. Actuellement je n'attends plus que vos ordres : je viens vous demander à l'une et à l'autre ce qui me reste à espérer. La Comtesse parut transportée de la question. Monsieur, lui répondit-elle, vous ne pouvez point douter de ma façon de penser sur votre compte ; quand à moi tout me convient ; mais ce n'est point moi que vous demandez, c'est ma fille ; je vous laisse avec elle, peut-être obtiendrez-vous quelque réponse plus décisive que celles qu'elle m'a faites jusqu'à ce jour. Son bonheur est entre ses mains, il me paraîtrait bien extraordinaire qu'elle s'y refusât. En achevant ces mots elle sortit.

On juge combien ce langage de la part d'une mère m'aurait embarrassée, si j'eusse moins connu M. de Crémy ; malgré les termes où nous en étions, il s'aperçut de mon trouble : que ce début ne vous alarme pas, me dit-il à demi-voix ; j'avais assez bien défini le caractère de madame la Comtesse pour m'y attendre, ainsi dispensez-vous d'en rougir. Si je ne craignais pas qu'elle nous aperçût, je serais déjà à vos pieds, et je vous y jurerais une reconnaissance éternelle. Nous entendîmes alors la Comtesse qui, lasse d'écouter en vain, montait chez M. de Prévalle. M. de Crémy saisit cet instant pour se jeter à mes genoux. Jamais homme ne montra des sentimens plus nobles, plus généreux, ni plus tendres. Toutes ses expres-

sions se ressentaient de la candeur
de son ame; ce n'était point de l'a-
mour, il aurait craint de blesser ma
modestie ; ce n'était point de l'amitié, le langage lui en parut trop froid.
C'était un heureux mélange de tendresse et d'admiration ; chaque mot
caractérisait une pensée , chaque
pensée peignait un sentiment. J'a-
voue qu'il m'étonna au point qu'à
peine trouvai-je la force de lui con-
firmer qu'il était le maître de régler toutes choses. Mademoiselle,
me dit-il, ne désireriez - vous pas
que d'Olmane fût tout-à-fait engagé
avant que de vous décider entière-
ment? Non, Monsieur, interrompis-
je avec vivacité , rendez plus de justice à la droiture de mon ame, et
épargnez à ma délicatesse des retours
sur le passé. Nous convînmes donc

qu'à mon tour je le laisserais seul
avec la Comtesse pour prendre leurs
arrangemens. Me permettez-vous,
me demanda-t-il encore, de choisir
les plus prochains ? C'est à la Comtesse, répondis-je, de fixer le temps
qui lui conviendra; j'obéirai sans répugnance, c'est tout ce que je puis
vous promettre. Comme elle rentrait
avec M. de Prévalle, je voulus sortir;
elle m'arrêta en passant pour savoir
ce que j'avais résolu. Tout ce qu'il
vous plaira, ma mère, lui dis-je, ce
que vous ferez sera bien fait, et je
fermai la porte précipitamment. Ce
quart-d'heure de retraite fut employé
à écrire à madame de Renelle.

LETTRE

A MADAME DE RENELLE.

« Vos vœux vont être comblés, chère maman ; M. de Crémy est ici, il règle à présent les préliminaires, dirai-je de son bonheur, ou du mien ? Ma bonne amie, j'espère que ce sera celui de tous deux. On lit sur sa physionomie qu'il en est convaincu d'avance. Je crois qu'il aime, qu'il estime votre enfant ; il est bien flatteur pour moi que ce soit là le prix de ma confiance ; mais, chère maman, pourquoi ne suis - je que flattée sans être émue ? Pourquoi

n'éprouvé-je point au fond de mon
cœur ces transports, ce doux ra-
vissement qu'inspire la présence
d'un objet chéri ? Je les désire, je
les cherche, il semble même que je
m'efforce de les ressentir, et toujours en vain. Que la raison a peu
d'empire sur l'ame, ma bonne
amie ! elle nous éclaire, cela est
vrai ; elle nous fait agir, je le veux
encore : mais quelle différence des
choses que l'on fait par raison, ou
de celles que l'on fait par amour !
Je n'y réfléchis pas sans craindre
que ce ne soit tromper M. de Crémy. Je ne me sens point d'éloignement à lui appartenir, il est assu-
rément fort estimable ; cependant
je ne sais, mon ame n'est pas dans
une assiette tranquille, le cœur me
bat à tout instant. Ma bonne amie,

je suis agitée, inquiétée : d'où cela
peut-il venir? En vérité je n'ose rentrer en moi-même, je me fuis comme
si je craignais d'avoir encore à rougir.. Hélas peut-être.. Mais non, évi-
tons d'y songer... Adieu, chère maman, adieu; je retourne auprès de
M. de Crémy, ses vertus m'inspire-
ront du courage : puissent-elles porter le calme dans mon cœur! chaque
jour je vous rendrai compte de ce
qu'il y aura d'arrêté, et je ne ferai
partir ma lettre que quand le jour-
nal sera complet. »

Ce mardi matin.

» Que les hommes sont prompts
dans leurs délibérations, chère maman! Hier, pendant que je vous
écrivais, je ne me doutais guère de
ce qui se passait. M. de Crémy, d'accord avec la Comtesse, qui ne me

paraît pas moins empressée que lui,
avait déjà fait partir un courrier
pour prier monsieur et madame de
Plenneton de se rendre ici aujour-
d'hui, où il les prévient qu'il compte
signer les articles. Je n'en ai pas
besoin, a-t-il dit devant moi ; mais
je veux montrer à ma sœur qu'en
dépit de tout, je sais garder les ménagemens qui conviennent. Mademoiselle, a-t-il ajouté en me regar-
dant, il me souvient encore que
vous m'aviez prescrit l'union, vos
désirs seront toujours des lois pour
moi : néanmoins vous sentez que
ceci n'en dépend pas totalement. Il
prononça ces derniers mots d'un
ton à me persuader qu'il n'aime ni
n'estime madame sa sœur. Je vous
avoue, ma bonne amie, que cela
me fait une sorte de peine. Quel-

qu'un qu'il n'estime pas doit être
méprisable ; et une femme qui n'a
plus rien à perdre est toujours
dangereuse. Mais, vaines réflexions!
il n'est plus temps d'en faire. L'instant approche où les nœuds les plus
sacrés vont me lier pour jamais.
Pour jamais, chère maman! sen-
tez-vous comme moi l'étendue de
ce mot, et toutes les obligations
que je vais prendre ? Ce soir il n'y
aura plus moyen de m'en dédire;
j'aurai promis, tout sera consommé pour votre enfant : sa parole
est sacrée, croyez qu'elle le sera toujours. Mais que dis-je, puis-je en répondre? Je vais promettre mon cœur
donner ma main, engager toutes
mes affections ; qui sait ce que le
destin me prépare, et si je n'en murmurerai pas quelque jour? Je suis

née si sensible!.. Le désir de remplir ses devoirs ne suffit pas contre
l'effet involontaire du sentiment ; il
n'est que trop vrai, puisque j'en
ai fait l'épreuve ; n'ai-je pas aimé,
ma bonne amie ? n'ai-je pas même
aimé deux fois ? Si j'aimais une troi-
sième, que de maux ! O cruelle idée,
que de trouble tu élèves dans mon
ame ! Cependant il faut faire un serment authentique, quoiqu'on sache
qu'il ne dépendra pas de moi de le
tenir. Tout n'est-il donc que simu-
lé parmi nous ? Est-ce purement
affaire de convention ? Peut-être
mes scrupules se tairont-ils. Mais
comment concilier le sacré avec le
profane ; la sainteté d'un engagement solennel avec le peu de bonne
foi qu'on y porte ? Ma bonne amie,
je me perds en raisonnemens, ma

tête s'échauffe, et mes idées se con-
fondent; je ne vois qu'une seule
chose de claire, c'est qu'il faudrait
que ce fût le cœur qui fît le serment pour qu'il fût inviolable. On a
beau moraliser, jamais la bouche
ne commandera au cœur, et la na-
ture simple et naïve nous ramènera
toujours au vrai. Mais j'entends un
grand bruit, on m'appelle; adieu,
chère maman, pourquoi faut-il vous
quitter? où vais-je, grand dieu, où
vais-je? Ma bonne amie, un malheureux qu'on traîne au supplice
n'est pas plus tremblant que moi.
Quel affreux moment que celui qui
décide de notre sort !

Ce mercredi matin.

« Tout est conclu, chère maman;
votre enfant n'est plus à vous, elle

n'est plus à elle, c'est à M. de Crémy qu'elle doit appartenir désormais
toute entière. Mais quels procédés
généreux n'a-t-il pas encore em-
ployés avant d'en venir là! ma bonne
amie, il faut en convenir, cet homme
*est unique. Je devrais l'adorer si l'a-
mour* était le fruit de l'admiration.
Ecoutez le récit que je vais vous
faire. M. et madame de Plenneton
arrivèrent hier matin. M. de Crémy
fut au-devant d'eux, et nous les présenta. Voyant que sa sœur m'examinait de la tête aux pieds en minau-
dant beaucoup, il lui dit : mais, ma
sœur, félicitez-moi donc sur mon
bonheur; pour moi j'avoue que je
le sens vivement. Elle ne lui répondit que des choses triviales avec un
ton dur et ironique. Cette femme a
une prolixité dans la manière de s'ex-

primer qui vise de près au bavar-
dage; on croirait lire dans ses yeux
qu'elle me hait avant de me connaître. Ses regards peignent l'envie, ses
propos dénotent la jalousie; il serait
injuste de la juger sur l'extérieur,
mais sa conduite me persuade qu'elle
a tous les défauts que produit une
avarice sordide, vile, basse, ram-
pante lorsqu'il s'agit d'avoir, auda-
cieuse et impudente lorsqu'il est question de défendre. Telle m'a paru
d'abord madame de Plenneton. En
traitant des articles, M. de Crémy,
qui s'aperçut de l'impression désa-
gréable que me faisait le ton de sa
sœur, proposa de remettre ces discussions après le dîner. Arriva dans
le moment le frère de d'Olmane, il
venait nous annoncer qu'il partait
en poste le soir même pour le ma-

28

riage de son frère qui se célébrait
le lendemain. Ma bonne amie, vous
avouerai-je ma faiblesse ? je ne pus
apprendre cette nouvelle de sang-
froid. M. de Crémy vit le coup qu'elle
me portait avec une indulgence, une
compassion, une sorte d'humanité
qui n'appartient qu'à lui. Je ne conçois point où il a pris tant de vertus
et de connaissance du cœur humain.
Sa vie n'a-t-elle donc été qu'une étude
continuelle ? Pendant le dîner il s'ef-
força de me mettre à mon aise ; jamais je ne lui trouvai tant d'esprit
ni d'enjouement. L'inquiétude plus
plus que la joie agitait son ame. En
sortant de table, il pria la Comtesse
de me permettre qu'il m'entretînt
un instant ; elle nous conduisit dans
son cabinet. Quoique je ne dusse
rien appréhender de la part d'un

hommé aussi bon, aussi honnête, il
me prit un frisson terrible, surtout
en voyant ses yeux se mouiller de
pleurs. J'aurais voulu, me dit-il,
vous cacher jusqu'à la fin une émotion qui me trahit; mais n'y faites
point d'attention, Mademoiselle, je
vous le demande en grace; rassurez-
vous, continua-t-il. Vous tremblez!
et que craignez-vous ? Je mourrais
plutôt que de vous affliger. Répon-
dez-seulement à une seule question.
Je vous ai vue interdite, troublée,
et peut-être piquée en apprenant le
mariage du marquis de d'Olmane.
Auriez-vous des regrets? Quelque
espoir de bonheur que vous m'ayez
donné, quelque satisfaction que je
vous aie marqué en ressentir, Mademoiselle, il est encore temps; que
ma sensibilité ne vous touche point,

parlez sans égard pour les larmes
qui m'échappent malgré moi, ne songez qu'à vous préserver de celles du
repentir; un mot, et tout sera rompu,
j'aurai soin qu'on ne puisse pas vous
en imputer la faute.... Quel homme,
m'écriai-je en lui tendant la main !
Non, Monsieur, jamais on ne pourrait que se féliciter d'être à vous, et
j'y suis dès cet instant de tout mon
cœur, je vous le proteste ; excusez
le mouvement involontaire que je
n'ai pu dérober à votre pénétration,
il m'a surpris moi-même au point
que je ne puis pas encore le défi-
nir, mais quel qu'il soit, croyez que
je le désavoue. Comment, Monsieur,
comment parviendrai-je à vous té-
moigner toute ma reconnaissance
pour tant de bontés ! quels sont les
témoignages qui pourraient égaler

la possession que vous m'assurez!
Mademoiselle, aux larmes d'amertume vous voyez succéder celles du
plus doux attendrissement ; permettez que j'en arrose cette belle main.
Vous m'ordonnez de la regarder
comme à moi, que je vais être heureux ! mais vous promettez-vous,
vous flattez-vous d'être heureuse ? Il
me reste une dernière crainte. Le
ton et les manières de ma sœur vous
ont effrayée, peut-être est-il de mon
devoir de vous prévenir sur son caractère, il est malheureusement peu
fait pour sympathiser avec le vôtre.
L'amour de l'intérêt qu'on n'a point
assez déraciné en elle absorbe aujourd'hui toutes ses affections ; je lui
ai cédé ce qu'elle désirait, afin d'entretenir une espèce d'union ; mais....
Mademoiselle, il est des cœurs in-

domptables, et sur lesquels les meilleurs procédés ne peuvent rien. Vous
avouerai-je, que c'est à elle que j'ai
dû ma querelle avec d'Olmane? j'en
ai honte; cependant comme elle
pourrait exercer sa vengeance sur
l'innocence et la candeur même, je
ne veux pas que vous puissiez me
reprocher un jour de vous y avoir
exposée sans vous prévenir. J'espère,
Mademoiselle, que je confie mon
malheureux secret à une amie qui
n'en mésuserait pas même quand
elle arrêterait le cours de ses bontés
pour moi. Il serait affreux que ma
sœur me privât du plus grand des
bonheurs; mais il serait plus affreux
encore qu'elle fît naître un jour dans
votre ame quelques regrets..... Mademoiselle, c'est ma sœur, permettez que je ne vous en dise pas davan-

tage, et que j'attende à vos genoux
le dernier arrêt de mon sort. Il est
prononcé, Monsieur, lui répondis-
je ; vos vertus surpassent assez les
défauts de madame de Plenneton
pour les effacer à mes yeux. Puissé-
je vous les faire oublier ! tous mes
désirs, tous mes souhaits seraient
comblés en vous rendant heureux :
croyez que je m'estimerais alors vraiment heureuse. Venez donc cimen-
ter de si doux nœuds, vertueuse,
adorable fille, me dit-il avec émotion ; venez que je jouisse de tout
mon bonheur en faisant éclater ma
joie.

A peine eûmes-nous rejoint l'as-
semblée qu'il présenta un papier à
la Comtesse. Madame, lui dit-il, il
ne m'appartient point de faire la
loi, aussi n'ai-je mis par écrit que

les choses qui me regardent personnellement, et que j'ai cru ne pouvoir pas vous déplaire. Vous y ajouterez, s'il vous plaît, vos intentions, rien si vous le voulez ainsi, et moi beaucoup plus si vous jugez que je le puisse sans blesser les droits de ma famille. La Comtesse remit le papier à M. de Prévalle qui le lut tout haut. Madame de Plenneton l'interrompit à l'article du douaire qu'elle trouva trop considérable : deux mille écus, mon frère, y pensez-vous? sans compter les présens, et trente mille livres de préciput hors de la communauté, pour le survivant des époux? M'a-t-on accordé moitié de cela? Cependant, ma sœur, laissez poursuivre, s'il vous plaît. M. de Prévalle continua. Rien de mieux, dit-il à la Comtesse; il n'y

manque que la donation de mon
bien que je vous prie tous d'agréer
qu'on ajoute aux articles. Non,
Monsieur, reprit M. de Crémy, je
m'y opposerai pour quelques raisons particulières. Il est quelquefois des cas où *des présens de cette*
nature peuvent n'être que mieux
placés en se différant. D'ailleurs
pourquoi se lier? quand le cœur
dirige l'intention, la volonté ne
change pas; ainsi vous serez toujours à même d'avantager Mademoiselle par testament autant que
vous le désirerez; et les siens se
feront gloire d'accepter cette marque
d'estime d'un ancien ami de la famille. Si nous n'étions pas tous
mortels, ajouta-t-il obligeamment,
je reculerais encore le moment de
l'acceptation : puis, sans attendre de

3

réponse, il se tourna vers madame
de Plenneton. Ma sœur, lui dit-il,
vos observations sont justes; mal-
à-propos j'ai distrait de la communauté trente mille livres de préciput.
On pourrait me soupçonner d'y
avoir mon intérêt, puisque la mort
ne se règle pas toujours sur le nombre des années : je réduis le préciput
à dix mille livres, et fais présent des
vingt mille livres de surplus à votre
fils aîné; les voici en un seul con-
trat que je vous remets : Mademoiselle voudra bien le trouver bon,
et accepter en échange mille louis
effectifs, dont elle fera l'emploi
qu'elle jugera à propos; il me reste
assez de mes économies pour fournir amplement aux autres objets.....
Mon frère, reprit Madame de Plenneton, sans me laisser le temps de

parler, je vous suis bien obligée
pour mon fils. Vingt mille livres
sont un très-beau présent de noces;
mais si vous n'aviez point d'enfans,
les miens ne perdraient pas moins
à un douaire aussi considérable,
faites-y attention, mon frère. L'a-
mour ne doit point altérer la probité; les biens de famille sont hé-
réditaires, il n'est pas permis d'en
user si libéralement. Ma sœur,
toutes mes réflexions sont faites,
et ces objections de votre part
m'humilient. J'y répondrai comme
le sage : *Si vos enfans sont honnêtes
gens, ils en auront assez; s'ils ne le
sont pas, ils en auront trop*. Madame, dit-il à la Comtesse, trouvez
bon que nous signions afin de mettre
ma sœur d'accord. Monsieur, il faut
stipuler ce qui me regarde; vous

savez bien que je ne suis pas en état
de faire à ma fille une dot considérable; elle regardait M. de Prévalle, qui, la voyant prête à ne rien
donner, lui dit, Madame, vous avez
promis. Elle écrivit et pria M. de
Crémy de voir si cela lui convenait.
Madame, je signe aveuglément et
ne lis rien. Voilà mon univers,
ajouta-t-il en me montrant; on est
toujours riche quand on possède un
semblable trésor. Nous signâmes,
non sans que votre enfant, chère
maman, changeât un peu de cou-
leur; mais actuellement je détourne
toutes les réflexions qui pourraient
me troubler, et je laisse le champ
libre aux vôtres. Le grand jour
est fixé au vingt-trois. Il ne reste
plus que bien peu de temps d'ici-là.
M. de Crémy nous quitte demain:

peut-être aurais-je besoin qu'il revînt promptement; la présence d'un homme aussi estimable écarte les faiblesses en offrant l'image de toutes les vertus réunies. Enfin, il faut espérer que votre enfant va s'élever au-dessus d'elle-même, et se montrer digne du sort que lui ont ménagé vos sages conseils. Vous avez été mon ange tutélaire, ne cessez pas, je vous supplie, d'être la meilleure de mes amies : croyez que vos bontés feront toujours la mesure de mon bonheur, et que la reconnaissance qu'elles m'inspirent ne finira qu'avec ma vie. Adieu, chere maman; je vous quitte pour faire part de mon mariage à madame de St.-Sirant, dont vous trouverez ci-jointe une lettre. Vous ne me dites point comment je

dois me conduire avec elle. Quoique vos préceptes soient gravés
dans mon cœur, permettez que
je ne renonce point à vos conseils.»

LETTRE

DE MADAME DE SAINT-SIRANT.

« En arrivant ici, ma chère, j'apprends deux heureuses nouvelles pour toi; ton mariage fort avancé et celui de d'Olmane conclu. Oui deux heureuses nouvelles, car je ne les sépare point : tu as beau dire, d'Olmane nuisait à ta réputation; entre nous conviens qu'en pareil cas il est doux de ne plus craindre l'indiscrétion d'un homme qui a obtenu notre confiance : s'il reste à Paris, c'est comme s'il était mort,

et tu n'en entendras plus parler.
Tu comprendras, ma chère amie,
que c'est un puissant motif de consolation. Hélas! ceci me rappelle le
pauvre Norfalque! il n'aurait surement jamais manqué à ce qu'il me
devait. Cependant tout homme est
homme; on dépend nécessairement
des caprices de leur vanité ou des
effets de leur jalousie. La réflexion,
ma chère, fait aussi prendre son
parti sur bien des évènemens, dont
le cœur ne cesserait de s'affecter si
la réputation n'était plus chère que
tout le reste. N'appréhende point
que le chevalier ternisse la mienne,
on n'aime qu'une fois en sa vie. Toi
et moi nous avons payé le tribut
sans beaucoup d'éclat, c'est s'en
tirer assez heureusement. Tâche
que M. de Crémy ne le sache jamais

car il pourrait en prendre de l'ombrage. J'espère que tu m'instruiras exactement de toutes tes affaires. J'ose dire que tu dois cette marque de confiance aux sentimens qui nous lient. Adieu, ma chère; je t'embrasse comme je t'aime : tu sais si c'est tendrement. »

~~~~~~~~~~~~~~~~~~~~~~~~~~~~~~~~~~

RÉPONSE

A MADAME DE ST.-SIRANT.

« Je ne contredirai point, ma chère ce que tu nommes tes heureuses nouvelles. Mon mariage est conclu, les articles viennent d'être signés, et je m'empresse de t'en faire part, persuadée de l'intérêt que tu y prends. S'il était permis de publier les procédés de M. de Crémy, tout le monde, en les admirant, envierait mon bonheur. Je ne pouvais rien espérer d'aussi avantageux à tous égards, ainsi tu es fon-

dée à me croire très-satisfaite. Mais
que prétends-tu dire avec tes puissans motifs de consolation sur l'é-
loignement de d'Olmanc ? Je t'ai
déjà certifiée que je ne le craignais
nullement ; c'est un galant homme
que j'estime, et il serait plus douloureux, selon moi, d'admettre
tes réflexions que d'avoir le cœur
affecté de la perte d'un ami. Mépriser assez quelqu'un qu'on a aimé
pour le craindre, c'est un supplice ;
ternir sa mémoire pour s'aider à
l'oublier est un remède cent fois
pire que le mal ; l'estime devant être
la base d'un attachement quelcon-
que, je ne concevrai jamais qu'on
veuille de propos délibéré se ravir
un témoignage qui fait l'apologie
du sentiment passé, et qu'on refuse aux morts le seul tribut au-

quel leur mérite semblait assigner
un droit inaltérable. Ce n'est pas la
première fois, ma chère, que nous
différons dans notre manière de voir.
En qualité d'amie, il m'importe que
tu rectifies la tienne sur cet article.
Ne vas point désirer de me perdre parce que j'ai eu ta confiance,
ou dès-lors tu perdrais la plus dis-
crètes de tes amies, et tu ne méri-
terais plus d'en trouver une autre
après elle.

LETTRE

DE MADAME DE RENELLE.

« J'ai lu avec un plaisir infini tous vos détails, ma chère petite : qu'ils sont touchans! ils m'ont attendrie jusqu'aux larmes. De tels exemples de générosité et de vertus sont faits pour émouvoir le cœur : on désirerait les avoir donnés ; on est satisfait d'en voir profiter un enfant qui en est vraiment digne ; enfin on se sent renaître. L'ame s'élève comme par gradation, il semble que cela réconcilie avec l'humanité. Le moyen

de ne pas aimer et admirer ses
semblables, s'ils étaient tous aussi
grands que M. de Crémy l'est par
ses vertus ! O ma chère enfant, que
vous êtes heureuse d'appartenir au
plus estimable des hommes ! je jouis
de votre bonheur ; vous ne le sentez pas encore dans toute son étendue, le temps seul peut vous apprendre à l'apprécier.

Je passe sur les petits scrupules
qui vous ont agitée, ils sont la
suite de votre délicatesse ; mais, ma
chère petite, bannissez ces craintes
que vous inspirent vos tendres pen-
chans. Vous allez avoir le meilleur
de tous les préservatifs ; un mari
digne de captiver votre cœur ; un
mari dont le rare mérite imprimera
en vous des caractères de respect
et d'estime, un mari, en un mot ;

pour lequel rien ne vous coûtera, et qui vous rendra tous vos devoirs aimables. Rassurez-vous ; avec un tel guide, on ne s'égare point. Comptez que nos vertus dépendent souvent des gens avec lesquels nous *sommes obligés de vivre.* Une femme vicieuse rougirait d'elle - même en présence d'un époux comme celui qui vous est destiné. Comment une fille honnête pourrait-elle envisager la possibilité de lui manquer ? D'ailleurs, un peu d'expérience est encore un garant de plus. S'il arrivait que malheureusement quelqu'un vînt à vous plaire, vous vous défieriez des suites, et, sans vous exposer à d'inutiles combats, vous fuiriez. Mais espérant, ma chère enfant, que vos plus pénibles épreuves sont passées, il faut aussi avoir un

peu de confiance en vous-même.
La première, et peut-être la plus
dangereuse faiblesse, c'est d'imaginer qu'on ne puisse jamais se vaincre. Quand on connaît son cœur,
croyez qu'il est possible de la maîtriser. Remplissez le vôtre des plus
tendres sentimens pour M. de Crémy ; moins il y restera de vide,
moins vous courrez de danger.

« Malgré le besoin continuel d'aimer qu'éprouvent les femmes tendres, souvent l'amitié leur suffit, et
les préserve des attraits de l'amour.
Ni l'une ni l'autre ne se comman-
dent, me direz-vous : d'accord ; par
la même raison on ne se garantit
point de l'attachement pour un homme vraiment aimable, lorsqu'à tous
les quarts-d'heure du jour on est à
portée d'apprécier ce qu'il vaut. Il

ne vous inspirera point ces transports, ces doux ravissemens que
vous cherchez; le moment est passé.
Mais vous éprouverez pour lui des
sentimens raisonnés, moins vifs,
aussi tendres, et plus durables que
les autres. Ceux-là seuls procurent
le vrai bonheur, parce qu'ils nous
laissent jouir de toutes nos facultés :
l'ame contemple sa félicité, d'un seul
regard elle embrasse toutes les causes
qui font naître en elle ces mouvemens
d'admiration ; le cœur trouve un
charme secret à les méditer. Ma chère
petite, il n'y a pas d'état plus déli-
cieux ; rien ne le trouble, rien ne
l'altère, une intime confiance
écarte jusqu'au moindre nuage. Malheureusement un pareil sort ne se
choisit point, car il n'est point d'a-
mant fortuné qui ne l'enviât : ici ce

sont des plaisirs sans peine, là ce
ne sont que des transports, et les
transports nuisent souvent aux plaisirs ; si on imagine en goûter dans
ces violentes étreintes de l'ame,
dans ces palpitations d'un cœur dont
les battemens interceptent les soupirs, c'est qu'il n'appartient qu'à
l'amour de nous causer des maux
de cette espèce. Il faut être amant,
ma chère petite, pour admettre la
compensation à cet égard. Les gens
de sang-froid ne la croiront jamais
comme possible, . ..

» Revenons à M. de Crémy. Sa
conduite dans toutes les circonstances ne cesse de m'enchanter, et
ses larmes me confirment qu'il a
pour vous tous les les sentimens
réunis. A tout autre qu'à vous, je
dirais : ceci va vous donner un grand

avantage ; mais, ma chère enfant, gardez-vous d'en abuser. Une complaisance exigée mal-à-propos réfroidirait un mari sage ; elle vous ravirait sa confiance, et vous perdriez le plus doux lien de la société. Le grand art consiste à maintenir ses droits, sans mésuser de son pouvoir. Demandez rarement ; faites plutôt qu'on désire ce que vous voulez : les hommes sont en général attachés à leurs opinions. Une femme qui entend ses intérêts ne hasarde point de fronder ouvertement leurs avis ; elle cède à propos, et s'en fait un mérite. Du petit au grand la politique roule sur les mêmes points. Ménager son autorité, c'est presque l'étendre. Bien des maris ignoreraient encore que les hommes se sont arrogé le

droit de commander en maîtres,
si d'indiscretes demandes ne leur
avaient appris à refuser.

» Quoique M. de Crémy ne nous
montre aujourd'hui que des vertus,
vous devez prévoir qu'il n'est pas
sans défauts. Ne les étudiez pas pour
vous faire valoir ; au contraire sachez les respecter, et lui sauver les
torts où les ridicules dont il pourrait être susceptible. Il a trop d'esprit et de pénétration pour ne pas
vous en tenir compte. Il est de ces
gens avec lesquels on ne perd rien
à se laisser deviner. Adoucissez-lui
aussi, le plus que vous pourrez, le
chagrin d'avoir une sœur si peu
digne du nom qu'elle porte. La délicate peinture qu'il vous a fait de
ses défauts, prouve combien il en
est touché. Epargnez-lui tout ce qui

pourrait l'affliger, même quand vous
auriez beaucoup à souffrir des noirceurs de cette femme. Enfin, ma
chère enfant, conduisez - vous en
personne sage, prudente et vertueuse. Vous êtes arrivée au port,
votre bonheur *ne dépend plus que*
de vous. Je vous recommande une
complaisance honnête, une fermeté
douce, une extrême égalité dans le
commerce ; point d'aigreur, point
de reproches ; jamais de plaintes ni
de bouderie. Laissez tous les faibles
artifices qu'emploient les femmes
ordinaires ; parez - vous de votre
sensibilité ; qu'elle se peigne sur
votre physionomie ; que votre silence, que vos regards l'expriment,
et rarement vos larmes. Comptez
que M. de Crémy est capable de
faire toutes ces délicates distinctions.

J'approuve très-fort son refus pour la donation qu'offrait M. de Prévalle; elle eût entraîné mille mauvais propos qui auraient réjailli sur la Comtesse. Voilà, ma chère petite, la différence qu'il y a entre vouloir le bien et savoir le faire. Encore une fois, que vous allez être heureuse avec M. de Crémy! ...

» Je n'ai point reçu les lettres que vous m'annonciez précédemment, que m'enverrait le Marquis de d'Olmane pour vous éclairer sur le compte de madame de St.-Sirant. Il est trop dissipé sans doute pour s'en souvenir; au surplus elles me paraissent très-inutiles; celle qui était jointe à votre dernier paquet achève de peindre la petitesse de l'ame de cette prétendue amie, et montre combien son cœur est étroit, com-

bien ses vues sont bornées et bas-
ses. Jamais vous n'avez dû compter
sur elle, et je vous conseille de continuer à vivre sur le même ton. S'il
fallait vous brouiller avec toutes les
femmes bavardes, faussses ou en-
vieuses, à quel cercle réduiriez-vous
votre société? De tout cela, on prend
le bon quand il se trouve, et l'on
se contente de ne pas être dupe des
autres. Voyez madame de St.-Sirant,
répondez honnêtement à ses em-
pressemens : ne vous y livrez en aucune manière, ne trahissez point
sa confiance de quelque malignité
qu'elle puisse user envers vous ;
et vous serez le modèle de femmes
qui pensent ; malheureusement on
en rencontre peu.

» Adieu, ma chère petite, croyez
que je m'applaudis d'avoir su vous

être utile. À présent que vous pouvez voler de vos propres ailes, je
vais me reposer sur mes lauriers,
tandis que vous jouirez des fruits
de mes travaux. Fasse le ciel que
votre bonheur soit constant et du-
rable. Pour moi, ma tâche est rem-
plie; vous avez été mon élève, vous
êtes mon amie, et je mourrai la
meilleure des vôtres, soyez-en bien
convaincue, ma chère enfant. »

J'ai dit que mon mariage avait
été fixé au 23. M. de Crémy était de
retour dès le 16, avec les plus su-
perbes présens. Toute sa famille
s'assembla le 22, à l'exception de
madame sa sœur qui n'arriva que
pour le moment de la célébration.
Dieu quel moment ! il parut porter
une sérénité inaltérable sur le visage
de M. de Crémy. Pour moi, j'avoue

que j'eus besoin d'un courage extrême pour le soutenir. Je marchai cependant d'un air libre et satisfait vers l'autel, d'où M. de Plenneton me ramena sans daigner me dire un mot. Sa femme, à qui les démonstrations coûtaient moins sans doute, vint m'embrasser en m'appelant sa chère sœur. Ce fut le signal de toutes ses faussetés à mon égard. Elle avait prévenu sa famille contre moi; quelques-uns de ses parens agirent du moins de manière à me le persuader.

M. de Niord, ami de M. Crémy, et M. de Prévalle s'aperçurent que j'en étais vivement affectée. Ils m'exhortèrent à dissimuler, et proposèrent des plaisirs bruyans qui pussent me distraire. On dansa tout le jour; mais il finit beaucoup plutôt que je ne l'aurais désiré. On lisait dans les yeux de M. de Crémy un empressement que je ne partageais pas, et qu'il s'efforçait lui-même de dérober aux spectateurs. Enfin l'heure arriva de se retirer, et de consacrer par les nœuds de l'hymen l'union la plus heureuse qui ait peut-être jamais existée.

Depuis long-temps, il est reçu qu'une femme qui met son bonheur dans l'amour de ses devoirs, n'a rien à dire d'elle. C'est donc à l'époque de mon mariage que je terminerai mes Mémoires, dont la suite ne présenterait plus qu'un tableau froid et sans intérêt. Les caprices du sort balancèrent les faveurs de la fortune, l'injustice vint m'accabler. Victime dévouée aux plus noirs effets de la calomnie de madame de Pienneton, j'en éprouvai toutes les horreurs

possibles. Mais je n'entrerai point
dans ces détails affligeans, que je
dois taire par respect pour mon sexe,
par égard pour moi-même, et par
reconnaissance pour un mari dont
les procédés soutenus comblent aujourd'hui tous mes vœux. J'aurais pu
être malheureuse avec tout homme
susceptible de mauvaises impressions, avec lui je n'ai été qu'à plaindre, encore la manière dont il par-
tageait mes peines les allégeait-elle
de moitié. Cent fois le jour, je bénis
l'instant qui a uni son sort au mien.
Je regrette les vaines terreurs qui
me le faisaient redouter, et je dois
les désavouer assez authentiquement
pour rassurer les jeunes personnes
qu'un mariage forcé, comme le mien,
par la raison et sans goût, pourrait
effrayer. Avec des idées romanes-

ques, on veut de l'amour lorsqu'il ne faut que de l'estime pour faire naître un attachement réel ; puisse-t-elle servir d'instruction, comme les sages conseils de madame de Renelle m'ont tenu lieu de sauve-garde contre les erreurs de la jeunesse ! Je me saurai gré d'avoir écrit des faits, quoique minutieux, s'ils peuvent fournir des leçons utiles à qui voudra profiter de mes torts. Des amies du mérite de madame de Renelle sont rares ; ses maximes suppléeront au défaut de lumières de celles qui en auraient besoin. Elle vit encore cette aimable fille ; je la révère comme ma mère, elle me considère comme son enfant ; et les liens qui m'attachent à elle sont presque aussi puissans que ceux de la nature.

FIN DU TROISIÈME ET DERN. VOLUME.